ध्यान

और इसकी विधियाँ

स्वामी विवेकानंद पर केंद्रित साहित्य

ध्यान
और इसकी विधियाँ

स्वामी विवेकानंद

प्रभात
प्रकाशन

प्रकाशक

प्रभात प्रकाशन प्रा. लि.

4/19 आसफ अली रोड, नई दिल्ली–110002

फोन : 011–23289777 • हेल्पलाइन नं. : 7827007777

इ–मेल : prabhatbooks@gmail.com ❖ वेब ठिकाना : www.prabhatbooks.com

संस्करण

2026

पेपरबैक मूल्य

तीन सौ रुपए

मुद्रक

आर–टेक ऑफसेट प्रिंटर्स, दिल्ली

DHYAN Aur Iski Vidhiyan
by Swami Vivekananda

Published by **PRABHAT PRAKASHAN PVT. LTD.**
4/19 Asaf Ali Road, New Delhi-110002

ISBN 978-93-5562-155-9

₹ 300.00 (PB)

पुस्तक परिचय

अंतहीन विकर्षणों और बाहरी उपलब्धियों की निरंतर खोज से भरी हुई आज की तेजी से भागती दुनिया में हमारे अंतरतम स्वयं के साथ फिर से जुड़ने की आवश्यकता बढ़ रही है। हम रोजमर्रा की जिंदगी की अराजकता के बीच शांति, स्पष्टता और उद्देश्य की भावना के लिए तरसते हैं। आंतरिक पूर्णता की इस खोज में ध्यान का कालातीत ज्ञान और अधिक प्रासंगिक व महत्त्वपूर्ण हो जाता है।

स्वामी विवेकानंद की गहन और अंतर्दृष्टिपूर्ण यह पुस्तक 'ध्यान और इसकी विधियाँ' आत्म-खोज और आध्यात्मिक जागृति के मार्ग पर एक मार्गदर्शक प्रकाश प्रदान करती है। श्रद्धेय आध्यात्मिक नेता एवं दार्शनिक स्वामी विवेकानंद ने ध्यान की परिवर्तनकारी शक्ति को पहचाना और दुनिया में इसके ज्ञान को फैलाने के लिए अपना जीवन समर्पित कर दिया। ध्यान पर उनकी शिक्षाएँ अनगिनत लोगों को आत्म-साक्षात्कार की ओर उनकी यात्रा के लिए प्रेरित और मार्गदर्शन करती रहती हैं।

यह पुस्तक एक व्यापक गाइड के रूप में विभिन्न ध्यान तकनीकों और उनके व्यावहारिक अनुप्रयोग की गहन खोज प्रस्तुत करती है। स्वामी विवेकानंद का ध्यान पर लेखन गहन अंतर्दृष्टि का खजाना है, जो उनके अपने प्रत्यक्ष अनुभवों और मानव-मन एवं आत्मा की उनकी गहरी समझ से लिया गया है।

इस पुस्तक के पन्नों में पाठकों को ध्यान विधियों की एक श्रृंखला मिलेगी, जिन्हें ध्यान से समझाया और दरशाया गया है। ध्यान केंद्रित करनेवाली प्रत्येक विधि मन को शांत करने और चेतना का विस्तार करने के लिए एक अनूठा दृष्टिकोण प्रदान करती है। ध्यान पर स्वामी विवेकानंद की शिक्षाओं को जो अलग करता है, वह उनकी सार्वभौमिकता और समावेशिता है। उन्होंने जोर देकर कहा कि ध्यान किसी विशेष धर्म या विश्वास प्रणाली तक सीमित नहीं है, बल्कि यह सत्य के सभी साधकों के लिए सुलभ अभ्यास है। उनकी शिक्षाएँ विविध पृष्ठभूमियों, संस्कृतियों और धर्मों के व्यक्तियों के साथ प्रतिध्वनित होती हैं, जो उन्हें आत्म-अन्वेषण की गहन आंतरिक यात्रा शुरू करने के लिए आमंत्रित करती हैं।

इसके अलावा, स्वामी विवेकानंद का ध्यान के प्रति दृष्टिकोण केवल दुनिया से पीछे हटने या जीवन की चुनौतियों से बचने तक ही सीमित नहीं है। इसके बजाय, वह हमारे सामाजिक जीवन को बढ़ाने के लिए ध्यान को एक व्यावहारिक उपकरण के रूप में प्रस्तुत करते हैं, जिससे हम आंतरिक शक्ति, स्पष्टता और करुणा को विकसित करने में सक्षम होते हैं। ध्यान के माध्यम से हम अपने विचारों, भावनाओं और कार्यों की शक्ति का उपयोग करना सीखते हैं तथा उन्हें निस्स्वार्थ सेवा एवं आध्यात्मिक विकास के उच्चतम आदर्शों की ओर निर्देशित करते हैं।

इस पुस्तक में स्वामी विवेकानंद ध्यान के मार्ग पर लोगों के सामने आनेवाली आम चुनौतियों और गलत धारणाओं को कुशलता से संबोधित करते हैं। वे एक नियमित ध्यान अभ्यास स्थापित करने, विकर्षणों को दूर करने और गहन एकाग्रता की स्थिति विकसित करने के बारे में व्यावहारिक सलाह प्रदान करते हैं। इसके अलावा वे ध्यान के परिवर्तनकारी प्रभावों पर मूल्यवान अंतर्दृष्टि प्रदान करते हैं, जिसमें

हमारे शारीरिक स्वास्थ्य, मानसिक कल्याण और भावनात्मक संतुलन पर इसका प्रभाव शामिल है।

ध्यान पर स्वामी विवेकानंद की शिक्षाएँ सैद्धांतिक अवधारणाओं तक ही सीमित नहीं हैं, बल्कि उनके अपने व्यक्तिगत अनुभवों में गहराई से निहित हैं। मानव-मन और अस्तित्व के आध्यात्मिक आयामों की उनकी गहरी समझ इस पुस्तक के प्रत्येक पृष्ठ में झलकती है। जैसा कि पाठक स्वामी विवेकानंद द्वारा प्रदान किए गए गहन ज्ञान में तल्लीन होते हैं, उन्हें अपनी आंतरिक यात्रा शुरू करने, अपनी चेतना की गहराई की खोज करने और भीतर की असीम क्षमता का दोहन करने के लिए आमंत्रित किया जाता है।

ध्यान की खोज में अभ्यासों को धैर्य, समर्पण और जिज्ञासा के दृष्टिकोण के साथ करना महत्त्वपूर्ण है। इस पुस्तक में उल्लिखित प्रत्येक तकनीक आंतरिक अन्वेषण और आत्म-खोज के लिए एक अनूठा द्वार प्रदान करती है। यह याद रखना आवश्यक है कि ध्यान एक यात्रा है, मंजिल नहीं। जब आप इस पथ पर चलते हैं तो आप शांति और स्पष्टता के क्षणों के साथ-साथ बेचैनी और प्रतिरोध की अवधियों का सामना कर सकते हैं। लेकिन निश्चिंत रहें कि आत्म-खोज और आध्यात्मिक विकास की दिशा में उठाया गया हर कदम आपको अपनी सहज दिव्यता को साकार करने के करीब लाता है।

स्वामी विवेकानंद के शब्द एक सौम्य अनुस्मारक के रूप में काम करते हैं कि ध्यान किसी विशिष्ट समय या स्थान तक सीमित नहीं है। इसे आपके जीवन के हर पहलू में समेकित रूप से एकीकृत किया जा सकता है। जैसे-जैसे आप ध्यान और जागरूकता विकसित करते हैं, वैसे-वैसे आप सभी क्षणों एवं गतिविधियों के परस्पर संबंध का अनुभव करना शुरू कर देंगे, फिर चाहे आप मौन चिंतन में लगे हों, दैनिक कार्यों में डूबे हुए हों या दूसरों के साथ बातचीत कर रहे हों।

इस पूरी पुस्तक में स्वामी विवेकानंद हमें जिज्ञासा की भावना और अस्तित्व के रहस्यों के प्रति खुलेपन के साथ ध्यान करने के लिए प्रोत्साहित करते हैं। अपने आप को सवाल करने, तलाशने और अनुकूलित मन की सीमाओं को पार करने की अनुमति दें। ऐसा करने पर आप अनुकूलन की परतों का अनावरण करेंगे और अपने वास्तविक स्वरूप के सार की खोज करेंगे।

जैसा कि आप स्वामी विवेकानंद की शिक्षाओं में गहराई से उतरते हैं, आप वास्तविकता की प्रकृति, मन की शक्ति और प्रत्येक व्यक्ति के भीतर असीम क्षमता में गहन अंतर्दृष्टि का सामना करेंगे। इन पृष्ठों में निहित ज्ञान में परिवर्तन की एक चिनगारी को प्रज्वलित करने की क्षमता है, जो आपको नई संभावनाओं के प्रति जाग्रत् करता है और आपको उद्‍देश्य, आनंद एवं पूर्ति के जीवन की ओर मार्गदर्शन करता है।

यह पुस्तक आपकी आत्म-खोज और आध्यात्मिक जागृति की यात्रा की प्रिय साथी बने। यह आपको एक नियमित ध्यानाभ्यास विकसित करने, चुनौतियों को गले लगाने और इसके द्वारा प्रदान किए जानेवाले पुरस्कारों एवं शिक्षाओं को अपने दैनिक जीवन में शामिल करने के लिए प्रेरित करे। स्वामी विवेकानंद के शब्दों को अपनी अंतर्निहित दिव्यता एवं शांति, प्रेम और ज्ञान के विशाल भंडार के एक सौम्य लेकिन शक्तिशाली अनुस्मारक के रूप में काम करने दें।

अंत में हम गहरी कृतज्ञता एवं श्रद्धा के साथ स्वामी विवेकानंद द्वारा ध्यान और उसकी विधियाँ प्रस्तुत करते हैं। जब आप ध्यान की गहन यात्रा शुरू करते हैं तो यह पुस्तक प्रेरणा, मार्गदर्शन और सांत्वना के स्त्रोत के रूप में काम करती है। यह आपके मार्ग को रोशन करे, आपकी आत्मा को जगाए और आपको गहन अर्थ एवं आध्यात्मिक पूर्णता का जीवन जीने के लिए सशक्त करे।

आपका ध्यानाभ्यास आपको अपने सच्चे स्व और भीतर निहित अनंत संभावनाओं की प्राप्ति की ओर ले जाए। क्या आप अपने भीतर वह शांति व स्पष्टता पा सकते हैं, जिसकी आप तलाश कर रहे हैं और क्या आप उस शांति को दुनिया में प्रसारित कर सकते हैं, प्रेम व करुणा का साधन बन सकते हैं?

—संपादक

अनुक्रम

ध्यान क्या है?

ध्यान क्या है ? ध्यान वह बल है, जो हमें इस सब प्रकृति के प्रति हमारी दासता का प्रतिरोध करने का सामर्थ्य देता है। प्रकृति हमसे कह सकती है, "देखो, वहाँ एक सुंदर वस्तु है।" मैं नहीं देखता। अब वह कहती है, "यह गंध सुहावनी है, इसे सूँघो।" मैं अपनी नाक से कहता हूँ, "इसे मत सूँघ!" और नाक नहीं सूँघती। "आँखो, देखो मत!" प्रकृति ऐसा जघन्य कार्य करती है। मेरे एक बच्चे को मार डालती है और कहती है, "बदमाश, अब बैठ और रो। गर्त में गिर!" मैं कहता हूँ, "मुझे न रोना है, न गिरना है।" मैं उछल पड़ता हूँ। मुझे मुक्त होना ही चाहिए। कभी इसे करके देखो ध्यान में, एक क्षण के लिए तुम इस प्रकृति को बदल सकते हो। अब यदि तुममें यह शक्ति आ जाती है, तो क्या वह स्वर्ग या मुक्ति नहीं होगी ? यही ध्यान की शक्ति है।

इसे कैसे प्राप्त किया जाए? दर्जनों विभिन्न रीतियों से। प्रत्येक स्वभाव का अपना मार्ग है। पर सामान्य सिद्धांत यह है कि मन को पकड़ो। मन एक झील के समान है और उसमें गिरनेवाला हर पत्थर तरंगे उठाता है। ये तरंगें हमें देखने नहीं देतीं कि हम क्या हैं? झील के पानी में पूर्ण चंद्रमा का प्रतिबिंब पड़ता है, पर उसकी सतह इतनी आंदोलित है कि वह प्रतिबिंब हमें स्पष्ट रूप से दिखाई नहीं देता। इसे शांत होने दो। प्रकृति की तरंगें मत आंदोलित करो। शांत रहो और तब कुछ समय बाद वह तुम्हें छोड़ देगी। तब हम जान सकेंगे कि हम क्या हैं? ईश्वर वहाँ

पहले से है, पर मन बहुत चंचल है, सदा इंद्रियों के पीछे दौड़ता रहता है। तुम इंद्रियों को रोकते हो और फिर भी बार-बार भ्रमित होते हो। अभी, इस क्षण मैं सोचता हूँ कि मैं ठीक हूँ और मैं ईश्वर में ध्यान लगाऊँगा, तब एक मिनट में मेरा मन लंदन पहुँच जाता है और यदि मैं उसे वहाँ से खींचता हूँ तो वह न्यूयॉर्क चला जाता है और मेरे द्वारा वहाँ अतीत में किए गए क्रिया-कलापों के बारे में सोचने लगता है। इन तरंगों को ध्यान की शक्ति से रोकना है।

परम आनंद का द्वार

ध्यान के द्वार से हम उस परम आनंद तक पहुँचते हैं। प्रार्थनाएँ, अनुष्ठान और पूजा के अन्य रूप ध्यान की शिशुशाला मात्र हैं। तुम प्रार्थना करते हो, तुम कुछ अर्पित करते हो। एक सिद्धांत था कि सभी बातों से मनुष्य का आध्यात्मिक बल बढ़ता है। कुछ विशेष शब्दों, पुष्पों, प्रतिमाओं, मंदिरों, ज्योतियों को घुमाने के समान अनुष्ठानों-आरतियों का उपयोग मन को उस अभिवृत्ति में लाता है, पर वह अभिवृत्ति तो सदा मनुष्य की आत्मा में है, कहीं बाहर नहीं। लोग यह सब कर रहे हैं; पर वे जो अनजाने में कर रहे हैं, उसे तुम जान-बूझकर करो। यही ध्यान की शक्ति है।

ध्यान के द्वार से हम उस परम आनंद तक पहुँचते हैं। प्रार्थनाएँ, अनुष्ठान और पूजा के अन्य रूप ध्यान की शिशुशाला मात्र हैं। तुम प्रार्थना करते हो, तुम कुछ अर्पित करते हो। एक सिद्धांत था कि सभी बातों से मनुष्य का आध्यात्मिक बल बढ़ता है।

हमें धीरे-धीरे, क्रम से अपने आप को प्रशिक्षित करना है। यह मजाक नहीं है, यह प्रश्न एक दिन का, या वर्षों का, और हो सकता है कि जन्मों का नहीं है। चिंता मत करो! अभ्यास जारी रहना चाहिए! इच्छापूर्वक, जान-बूझकर अभ्यास जारी रखना चाहिए। इंच-इंच करके

हम आगे बढ़ेंगे। हम उस वास्तविक संपदाओं को अनुभव करने लगेंगे, प्राप्त करने लगेंगे, जिसे हमसे कोई नहीं ले सकता; वह संपत्ति, जिसे कोई मनुष्य नहीं छीन सकता; वह संपत्ति, जिसे कोई नष्ट नहीं कर सकता; वह आनंद, जिसे कोई दु:ख छू नहीं सकता।

सत्य की खोज में

जिस विद्या द्वारा ये अनुभव प्राप्त होते हैं, उसका नाम है 'योग'। धर्म के सत्यों का जब तक कोई अनुभव नहीं कर लेता, तब तक धर्म की बात करना ही वृथा है। भगवान् के नाम पर इतनी लड़ाई, दंगा और झगड़ा क्यों? भगवान् के नाम पर जितना खून बहा है, उतना और किसी कारण से नहीं। ऐसा क्यों? इसीलिए कि कोई भी व्यक्ति मूल तत्त्व तक नहीं गया।

सब लोग पूर्वजों के कुछ आचारों का अनुमोदन करके ही संतुष्ट थे। वे चाहते थे कि दूसरे भी वैसा ही करें। जिन्हें आत्मा की अनुभूति या ईश्वर-साक्षात्कार न हुआ हो, उन्हें यह कहने का क्या अधिकार है कि आत्मा या ईश्वर है? यदि ईश्वर हो, तो उसका साक्षात्कार करना होगा; यदि आत्मा नामक कोई चीज हो, तो उसकी अनुभूति करनी होगी। अन्यथा विश्वास न करना ही भला। ढोंगी होने से स्पष्टवादी नास्तिक होना अच्छा है।

सब लोग पूर्वजों के कुछ आचारों का अनुमोदन करके ही संतुष्ट थे। वे चाहते थे कि दूसरे भी वैसा ही करें। जिन्हें आत्मा की अनुभूति या ईश्वर-साक्षात्कार न हुआ हो, उन्हें यह कहने का क्या अधिकार है कि आत्मा या ईश्वर है? यदि ईश्वर हो, तो उसका साक्षात्कार करना होगा; यदि आत्मा नामक कोई चीज हो, तो उसकी अनुभूति करनी होगी।

मनुष्य चाहता है सत्य, वह सत्य का अनुभव स्वयं करना चाहता है और जब वह सत्य की धारणा कर लेता है, सत्य का साक्षात्कार कर

लेता है, हृदय के अंतरतम प्रदेश में उसका अनुभव कर लेता है, तभी वेद कहते हैं, 'उसके सारे संदेह दूर होते हैं, सारा तमोजाल छिन्न-भिन्न हो जाता है और सारी वक्रता सीधी हो जाती है।'

मन कितना अशांत है!

मन को संयत करना कितना कठिन है! इसकी एक सुसंगत उपमा उन्मत्त वानर से दी गई है। एक वानर था। वह स्वभावतः चंचल था, जैसे कि वानर होते हैं। लेकिन उतना ही पर्याप्त न था, किसी ने उसे तृप्त करने जितनी शराब पिला दी। इससे वह और भी चंचल हो गया। इसके बाद उसे एक बिच्छू ने डंक मार दिया। तुम जानते हो कि बिच्छू द्वारा डसा व्यक्ति दिन भर इधर-उधर कितना तड़पता रहता है? अतः उस बेचारे बंदर ने स्वयं को अभूतपूर्व दुर्दशा में पाया। तत्पश्चात् मानो उसके दुःख की मात्रा को पूर्ण करने के लिए एक दानव उस पर सवार हो गया। कौन सी भाषा उस बंदर की अनियंत्रणीय चंचलता का वर्णन कर सकती है? बस, मनुष्य का मन उस वानर के सदृश है।

मन को संयत करना कितना कठिन है! इसकी एक सुसंगत उपमा उन्मत्त वानर से दी गई है। एक वानर था। वह स्वभावतः चंचल था, जैसे कि वानर होते हैं। लेकिन उतना ही पर्याप्त न था, किसी ने उसे तृप्त करने जितनी शराब पिला दी। इससे वह और भी चंचल हो गया। इसके बाद उसे एक बिच्छू ने डंक मार दिया।

मन तो स्वभावतः ही सतत चंचल है, फिर वह कामना रूपी मदिरा से मत्त है, इससे उसकी अस्थिरता बढ़ जाती है। जब कामना आकर मन पर अधिकार कर लेती है, तब लोगों को सफल देखने पर ईर्ष्या रूपी बिच्छू उसे डंक मारता रहता है। उसके भी ऊपर जब अहंकार रूपी दानव उसके भीतर प्रवेश करता है, तब तो वह अपने आगे किसी को नहीं

गिनता। ऐसी तो हमारे मन की अवस्था है! सोचो तो, ऐसे मन का संयम करना कितना कठिन है!

अत्यंत कठिन कार्य

योगियों के मत से मुख्यत: तीन नाड़ियाँ हैं—'इड़ा', 'पिंगला' और बीच में 'सुषुम्ना', और ये तीनों मेरुदंड में स्थित हैं। इड़ा और पिंगला दाईं और बाईं नाड़ी तंतुओं के गुच्छ हैं। पर सुषुम्ना उनका गुच्छ नहीं है, वह पोली है। सुषुम्ना बंद रहती है और साधारण मनुष्य के लिए इसका कोई उपयोग नहीं होता। वह इड़ा और पिंगला से ही अपना काम लिया करती है। इन्हीं नाड़ियों द्वारा संवेदना का प्रवाह लगातार आता-जाता रहता है और वे संपूर्ण शरीर में फैले हुए नाड़ीय सूत्रों द्वारा शरीर की पृथक्-पृथक् इंद्रियों तक आदेश पहुँचाती रहती हैं।

योगियों के मत से मुख्यत: तीन नाड़ियाँ हैं—'इड़ा', 'पिंगला' और बीच में 'सुषुम्ना', और ये तीनों मेरुदंड में स्थित हैं। इड़ा और पिंगला दाईं और बाईं नाड़ी तंतुओं के गुच्छ हैं। पर सुषुम्ना उनका गुच्छ नहीं है, वह पोली है। सुषुम्ना बंद रहती है और साधारण मनुष्य के लिए इसका कोई उपयोग नहीं होता। वह इड़ा और पिंगला से ही अपना काम लिया करती है।

हमारे सामने बहुत बड़ा कार्य है तथा इसमें सर्वप्रथम और सबसे महत्त्व का काम है अपने सहस्त्रों सुप्त संस्कारों पर नियंत्रण करना, जो अनैच्छिक सहज क्रियाओं में परिणत हो गए हैं। यह बात सच है कि असत्कर्म-समूह मनुष्य के जाग्रत् क्षेत्र में रहता है, लेकिन जिन कारणों ने इन बुरे कामों को जन्म दिया, वे इसके पीछे प्रसुप्त एवं अदृश्य जगत् के हैं, और इसलिए अधिक प्रभावशाली हैं।

अचेतन को अपने अधिकार में लाना हमारे मनन का पहला भाग है

और दूसरा है चेतन के परे जाना। अतएव यह स्पष्ट है कि कार्य अवश्य ही दोहरा है। एक तो विद्यमान दो सामान्य प्रवाहों—इड़ा और पिंगला के उचित नियमन द्वारा अवचेतन क्रिया पर नियंत्रण पाना और दूसरा, इसके साथ ही साथ चेतन के भी परे चले जाना।

योगी वही है, जिसने दीर्घकाल तक स्वयं को एकाग्र करने का अभ्यास करके इस सत्य की उपलब्धि कर ली है। अब सुषुम्ना का द्वार खुल जाता है और इस मार्ग में वह प्रवाह प्रवेश करता है, जो इसके पूर्व उसमें कभी नहीं गया था; वह जैसा कि आलंकारिक भाषा में कहा है कि धीरे-धीरे विभिन्न कमल-चक्रों में से होता हुआ, कमल-दलों को खिलाता हुआ अंत में मस्तिष्क तक पहुँच जाता है। तब योगी को अपने सत्यस्वरूप का ज्ञान हो जाता है, यह जान लेता है कि वह स्वयं परमेश्वर ही है।

□

ध्यान का परिवेश

तुममें से जिनको सुभीता हो, वे साधना के लिए यदि एक स्वतंत्र कमरा रख सके तो अच्छा हो। इस कमरे को सोने के काम में न लाओ। इसे पवित्र रखो।

बिना स्नान किए और शरीर-मन को बिना शुद्ध किए इस कमरे में प्रवेश न करो। इस कमरे में सदा पुष्प और हृदय को आनंद देनेवाले चित्र रखो। योगी के लिए ऐसे परिवेश अति उत्तम हैं।

सुबह-शाम वहाँ धूप और चंदनचूर्ण आदि जलाओ। उस कमरे में किसी प्रकार का क्रोध, कलह और अपवित्र चिंतन न किया जाए। तुम्हारे साथ जिनके भाव मिलते हैं, केवल उन्हीं को उस कमरे में प्रवेश करने दो। ऐसा करने पर शीघ्र ही उस कमरे में पवित्रता का वातावरण बन जाएगा; यहाँ तक कि जब तुम दुःखी, कष्टपूर्ण, अनिश्चय की स्थिति में हो या तुम्हारा मन चंचल हो, तो उस समय उस कमरे में प्रवेश करते ही तुम्हारा मन शांत हो जाएगा। मंदिर, गिरजाघर आदि के निर्माण का सच्चा उद्देश यही था। अब भी बहुत से मंदिरों और गिरजाघरों में तुम्हें यह भाव देखने को मिलता है, परंतु अधिकतर स्थलों में यह भाव ही नष्ट हो चुका है। इसमें आदर्श यह है कि चारों ओर पवित्र चिंतन की लहरें सदा स्पंदित होते रहने के कारण वह स्थान आत्मिक प्रकाश से प्रदीप्त रहता है। जो व्यक्ति इस प्रकार के स्वतंत्र कमरे की व्यवस्था नहीं कर सकते, वे जहाँ इच्छा हो, वहीं बैठकर साधना कर सकते हैं।

ध्यान के लिए अपेक्षित बातें

सूखे पत्तों से ढकी हुई जमीन पर, चैराहे पर, अत्यंत कोलाहलपूर्ण या डरावने स्थान पर, दीमक के ढेर के समीप, अथवा जहाँ अग्नि या जल से किसी भय की आशंका हो, जहाँ जंगली जानवर हों, जो स्थान दुष्ट लोगों से भरा हो, ऐसे स्थानों में योग की साधना करना उचित नहीं। यह व्यवस्था विशेषकर भारत के बारे में लागू होती है। जब शरीर अत्यंत आलसी या बीमार मालूम होता हो अथवा जब मन अत्यंत दुःखपूर्ण रहता हो, तब भी साधना नहीं करनी चाहिए।

सूखे पत्तों से ढकी हुई जमीन पर, चैराहे पर, अत्यंत कोलाहलपूर्ण या डरावने स्थान पर, दीमक के ढेर के समीप, अथवा जहाँ अग्नि या जल से किसी भय की आशंका हो, जहाँ जंगली जानवर हों, जो स्थान दुष्ट लोगों से भरा हो, ऐसे स्थानों में योग की साधना करना उचित नहीं।

किसी गुप्त और निर्जन स्थान में जाकर साधना करो, जहाँ लोग तुम्हें बाधा पहुँचाने न आ सकें। अपवित्र जगह में बैठकर साधना मत करना, वरन् सुंदर दृश्यवाले स्थान में या अपने घर के एक सुंदर कमरे में बैठकर साधना करना।

साधना में प्रवृत्त होने के पहले समस्त प्राचीन योगियों, अपने गुरुदेव तथा भगवान् को प्रणाम करना और फिर साधना में प्रवृत्त होना।

ध्यान के लिए उपर्युक्त समय

प्रतिदिन कम से कम दो बार अभ्यास करना चाहिए और उस अभ्यास का उपर्युक्त समय है प्रातः व सायं। जब रात बीतती है और पौ फटती है तथा जब दिन बीतता है और रात आती है, इन दो समयों में प्रकृति अपेक्षाकृत शांत होती है।

सुबह तथा सायंकाल की प्रारंभिक वेलाएँ ही प्रशांति की होती हैं। इन समयों में तुम्हारे शरीर की शांत रहने की प्रवृत्ति रहेगी। हमें उस सहज अवस्था का लाभ उठाना चाहिए और तब साधना में प्रवृत्त होना चाहिए।

यह नियम बना लो कि साधना किए बिना भोजन न करोगे। ऐसा नियम बना लेने पर भूख का प्रबल वेग भी तुम्हारा आलस्य नष्ट कर देगा।

भारतवर्ष में बालक यही शिक्षा पाते हैं कि स्नान-पूजा और साधना किए बिना भोजन नहीं करना चाहिए। कालांतर में यह उनके लिए स्वाभाविक हो जाता है। उनकी जब तक स्नान-पूजा और साधना नहीं हो जाती, तब तक उन्हें भूख नहीं लगती।

सुबह तथा सायंकाल की प्रारंभिक वेलाएँ ही प्रशांति की होती हैं। इन समयों में तुम्हारे शरीर की शांत रहने की प्रवृत्ति रहेगी। हमें उस सहज अवस्था का लाभ उठाना चाहिए और तब साधना में प्रवृत्त होना चाहिए। यह नियम बना लो कि साधना किए बिना भोजन न करोगे। ऐसा नियम बना लेने पर भूख का प्रबल वेग भी तुम्हारा आलस्य नष्ट कर देगा।

अब प्रार्थना करो

मन ही मन कहो—"हे प्रभो! संसार में सभी सुखी हों; सभी शांति लाभ करें; सभी आनंद पाएँ।"

इस प्रकार पूर्व, पश्चिम, उत्तर, दक्षिण—चारों ओर पवित्र चिंतन की धारा बहा दो। ऐसा जितना करोगे, उतना ही तुम अपने को अच्छा अनुभव करने लगोगे। बाद में देखोगे, 'दूसरे सब लोग स्वस्थ हो', यह चिंतन ही स्वास्थ्य-लाभ का सहज उपाय है। 'दूसरे लोग सुखी हों' ऐसी भावना ही अपने आप को सुखी करने का सहज उपाय है। इसके बाद जो लोग ईश्वर पर विश्वास करते हैं, वे ईश्वर से प्रार्थना करें—अर्थ, स्वास्थ्य अथवा स्वर्ग के लिए नहीं, वरन् ज्ञान और सत्य-तत्त्व के उन्मेष के लिए। इसको छोड़ बाकी सब प्रार्थनाएँ स्वार्थ से भरी हैं।

पहला पाठ

कुछ समय के लिए चुप्पी साधकर बैठे रहो और मन को अपने अनुसार चलने दो। कहावत कहती है कि ज्ञान ही यथार्थ शक्ति है और यह बिल्कुल सत्य है। जब तक मन की क्रियाओं पर नजर न रखोगे, उसका संयम न कर सकोगे। मन को खुली छूट दो। संभव है इसमें बहुत बुरी-बुरी भावनाएँ आएँ। तुम्हारे मन में इतनी असत् भावनाएँ आ सकती हैं कि तुम सोचकर आश्चर्यचकित हो जाओगे। परंतु देखोगे, मन के ये सब खेल दिन पर दिन कम होते जा रहे हैं, दिन पर दिन मन कुछ-कुछ स्थिर होता जा रहा है।

कुछ समय के लिए चुप्पी साधकर बैठे रहो और मन को अपने अनुसार चलने दो। कहावत कहती है कि ज्ञान ही यथार्थ शक्ति है और यह बिल्कुल सत्य है। जब तक मन की क्रियाओं पर नजर न रखोगे, उसका संयम न कर सकोगे। मन को खुली छूट दो। संभव है इसमें बहुत बुरी-बुरी भावनाएँ आएँ।

सब प्रकार के तर्क और चित्त में विक्षेप उत्पन्न करनेवाली बातों को दूर कर देना होगा। शुष्क और निरर्थक तर्कपूर्ण प्रलाप से क्या होगा ? वह केवल मन के साम्यभाव को नष्ट करके उसे चंचल भर कर देता है। सूक्ष्मतर तत्त्वों की उपलब्धि की जानी चाहिए। केवल बातों से क्या होगा ? अतएव सब प्रकार की बकवास छोड़ दो। जिन्होंने प्रत्यक्ष अनुभव किया है, केवल उन्हीं के लिखे ग्रंथ पढ़ो।

अब सोचो

अपने शरीर के बारे में सोचो और ऐसी भावना करो कि यह सबल व स्वस्थ है; यही आपका सर्वोत्तम साधन है। सोचो कि यह वज्रवत् दृढ़, सबल और स्वस्थ है तथा इसी शरीर की सहायता से तुम जीवन का समुद्र

पार करोगे। अपनी देह से कहो कि यह बलिष्ठ है, अपने मन से कहो कि यह शक्तिशाली है तथा स्वयं में अनंत विश्वास व भरोसा रखो।

ध्यान-विषयक कुछ उदाहरण

सोचो, सिर के ऊर्ध्व देश में कुछ इंचों की ऊँचाई पर एक कमल है, धर्म उसका मूल देश है, ज्ञान उसकी नाल है, योगी की अष्ट सिद्धियाँ उस कमल के आठ दलों के समान हैं और वैराग्य उसके अंदर के पुंकेसर तथा स्त्रीकेसर हैं। यदि योगी बाह्य शक्तियों को अस्वीकृत करेगा, तभी वह मुक्ति प्राप्त करेगा। इसीलिए कमल के अष्टदल अष्टसिद्धियाँ हैं, परंतु भीतरी पुंकेसर तथा स्त्रीकेसर परम वैराग्य, इन सभी शक्तियों का त्याग है। इस कमल के अंदर हिरण्य, सर्वशक्तिमान, अस्पर्श, ओंकारवाच्य, अव्यक्त, किरणों से परिव्याप्त परम ज्योति का चिंतन करो, उस पर ध्यान करो।

और एक प्रकार का ध्यान है—सोचो कि तुम्हारे हृदय में एक आकाश है, उस आकाश के अंदर अग्निशिखा के समान एक ज्योति उद्भासित हो रही है, उस ज्योतिशिखा का अपनी आत्मा के रूप में चिंतन करो, फिर उस ज्योति के अंदर एक और ज्योतिर्मय ज्योति की भावना करो; वही तुम्हारी आत्मा की आत्मा है—परमात्मस्वरूप ईश्वर है। हृदय में उसका ध्यान करो।

□

ध्येय तक कैसे पहुँचें

पूरी लगन के साथ, कमर कसकर साधना में लग जाओ, फिर मृत्यु भी आए तो क्या! मन्त्रं वा साधयामि शरीरं वा पातयामि—काम सधे या प्राण ही जाएँ। फल की ओर आँख रखे बिना साधना में मग्न हो जाओ। निर्भीक होकर इस प्रकार दिन-रात साधना करने पर छह महीने के भीतर ही तुम एक सिद्ध योगी हो सकते हो। परंतु दूसरे, जो थोड़ी-थोड़ी साधना करते हैं, सब विषयों को जरा-जरा चखते हैं, वे कभी कोई बड़ी उन्नति नहीं कर सकते। केवल उपदेश सुनने से कोई फल प्राप्त नहीं होता।

सिद्ध होना हो तो प्रबल अध्यवसाय चाहिए, अपरिमित इच्छाशक्ति चाहिए। अध्यवसायशील साधक कहता है, "मैं चुल्लू से समुद्र पी जाऊँगा। मेरी इच्छा मात्र से पर्वत चूर-चूर हो जाएँगे।" इस प्रकार का तेज, इस प्रकार का दृढ़ संकल्प लेकर कठोर साधना करो तो तुम ध्येय को अवश्य प्राप्त करोगे।

सावधान!

प्रत्येक गति वर्तुलाकार में ही होती है। यदि तुम एक पत्थर लेकर अंतरिक्ष में फेंको, उसके बाद यदि तुम्हारा जीवन काफी हो और पत्थर के मार्ग में कोई बाधा न आए तो वह घूमकर ठीक तुम्हारे हाथ में वापस आ जाएगा। विद्युत्-शक्ति के बारे में आधुनिक मत यह है कि वह डाइनेमो से बाहर निकल, घूमकर फिर से उसी यंत्र में लौट आती है। प्रेम और घृणा

के बारे में भी यही नियम लागू होता है, वे अपने उद्गम स्थान में अवश्य लौटेंगे। अतएव किसी से घृणा नहीं करनी चाहिए, क्योंकि यह शक्ति, यह घृणा, जो तुममें से बहिर्गत होगी, घूमकर कालांतर में फिर तुम्हारे ही पास वापस आ जाएगी। यदि तुम मनुष्यों को प्यार करो तो वह प्यार घूम-फिरकर तुम्हारे पास ही लौट आएगा।

मानस-सरोवर

हम लोग सरोवर की तली को नहीं देख सकते, क्योंकि उसकी सतह लहरों से व्याप्त रहती है। उस तली की झलक तभी मिल सकती है, जब ये सारी लहरें शांत हो जाएँ और पानी स्थिर हो जाए। यदि पानी गँदला हो, या सारे समय उसमें हलचल होती रहे तो वह तली कभी दिखाई न देगी। पर यदि पानी निर्मल हो और उसमें एक भी लहर न रहे, तब हम उस तली को अवश्य देख सकेंगे। सरोवर की तली हमारा अपना वास्तविक स्वरूप है, सरोवर चित्त है तथा लहरें वृत्तियाँ हैं।

फिर यह भी देखा जाता है कि यह मन तीन प्रकार की अवस्थाओं में रहता है।

विद्युत्-शक्ति के बारे में आधुनिक मत यह है कि वह डाइनेमो से बाहर निकल, घूमकर फिर से उसी यंत्र में लौट आती है। प्रेम और घृणा के बारे में भी यही नियम लागू होता है, वे अपने उद्गम स्थान में अवश्य लौटेंगे। अतएव किसी से घृणा नहीं करनी चाहिए, क्योंकि यह शक्ति, यह घृणा, जो तुममें से बहिर्गत होगी, घूमकर कालांतर में फिर तुम्हारे ही पास वापस आ जाएगी।

एक है—तम, अर्थात् अंधकारमय अवस्था, जैसा कि हम पशुओं और अत्यंत मुर्खों में पाते हैं। ऐसे मन की प्रवृत्ति केवल औरों को अनिष्ट पहुँचाने में ही होती है, मन की इस अवस्था में और दूसरा कोई विचार ही नहीं सूझता।

दूसरा है—रज, अर्थात् मन की क्रियाशील अवस्था, जिसमें केवल प्रभुत्व और भोग की इच्छा रहती है। उस समय यही भाव रहता है कि 'मैं शक्तिमान होऊँगा और दूसरों पर प्रभुत्व स्थापित करूँगा।'

तीसरा है—सत्त्व, अर्थात् मन की गंभीर और शांत अवस्था, जिसमें समस्त तरंगें शांत हो जाती हैं और मानस-सरोवर का जल निर्मल हो जाता है।

मन और उसका निग्रह

ध्यान ही इन बड़ी तरंगों की उत्पत्ति को रोकने का एक महान् उपाय है। ध्यान द्वारा मन की ये वृत्ति रूपी लहरें दब जाती हैं। यदि तुम दिन पर दिन, मास पर मास, वर्ष पर वर्ष इस ध्यान का अभ्यास करो, जब तक वह तुम्हारे स्वभाव में न भिद जाए, जब तक तुम्हारी इच्छा न करने पर भी वह ध्यान आपसे आप आने लगे तो क्रोध, घृणा आदि वृत्तियाँ संयत हो जाएँगी।

प्रसन्न रहो

तुम धर्म-पथ पर अपने अग्रसर होने का प्रथम लक्षण यह देखोगे कि तुम दिन पर दिन बड़े प्रफुल्ल होते जा रहे हो। यदि कोई व्यक्ति विषादयुक्त दिखे, तो वह अजीर्ण का फल भले ही हो, पर धर्म का लक्षण नहीं हो सकता।

योगी के लिए सभी सुखमय प्रतीत होते हैं। वे जिस किसी मनुष्य को देखते हैं, उसी से उनको आनंद होता है। यही धार्मिक मनुष्य का चिह्न है। उतरा हुआ चेहरा लेकर क्या होगा ? कैसा भयानक दृश्य है वह ! यदि तुम्हारा चेहरा उदास हो तो उस दिन बाहर मत जाओ, स्वयं को कमरे में बंद रखो। संसार में इस बीमारी को संक्रामित करने का तुम्हें क्या अधिकार है ?

योगियों के लक्षण

'जो किसी से घृणा नहीं करते, जो सबके मित्र हैं, सबके प्रति करुणावान् हैं, जो ममत्वरहित, अहंकाररहित, सुख-दुःख में समभावयुक्त, क्षमावान् हैं तथा जो निरंतर संतुष्ट, योगी अर्थात् समाहित चित्त, संयतात्मा, दृढ़निश्चयी और मुझमें अर्पण किए हुए मन-बुद्धिवाला है, वह मेरा भक्त मुझे प्रिय है।

जिससे कोई उद्विग्न नहीं होता, जो स्वयं भी किसी से उद्वेग को प्राप्त नहीं होता तथा जो हर्ष, असहिष्णुता, भय तथा उद्वेग से मुक्त है, वही मेरा प्रिय भक्त है।

जो किसी प्रकार की अपेक्षा नहीं रखता, जो अंतर्बाह्य शुद्ध, कुशल है, जो अच्छे या बुरे परिणाम की चिंता से रहित है, जो कभी खेद को प्राप्त नहीं होता, जिसने अपने लिए सभी प्रयत्नों, काम्य कर्मों का त्याग कर दिया है, जो निंदा और स्तुति में समभावापन्न है, मौनी हैं, जो कुछ पाता है, उसी में संतुष्ट रहता है, जिसका कोई निर्दिष्ट घर-बार नहीं, सारा जगत् ही जिसका घर है, जिसकी बुद्धि स्थिर है, ऐसा व्यक्ति ही मेरा प्रिय भक्त है। ऐसा व्यक्ति ही योगी हो सकता है।

□

मुक्ता-शुक्ति जैसे बनो

भारतवर्ष में एक सुंदर किंवदंती प्रचलित है कि आकाश में स्वाति नक्षत्र के तुंगस्थ रहते यदि वर्षा हो और उसकी एक बूँद किसी सीपी में चली जाए, तो उसका मोती बन जाता है।

सीपियों को यह मालूम है, अतएव जब वह नक्षत्र उदित होता है तो सीपियाँ पानी की ऊपरी सतह पर आ जाती हैं और उस समय की एक अनमोल बूँद की प्रतीक्षा करती रहती हैं। ज्यों ही एक बूँद उनमें पड़ती है, त्यों ही उस जलकण को लेकर, बाह्य आवरण का मुँह बंद करके वे समुद्र के अथाह गर्भ में चली जाती हैं और वहाँ बड़े धैर्य के साथ उस जलकण का मोती तैयार करने के प्रयत्न में लग जाती हैं।

हमें भी उन्हीं सीपियों की तरह होना होगा। पहले सुनना होगा, फिर समझना होगा, अंत में बाहरी जगत् से बिल्कुल दृष्टि हटाकर, सब प्रकार की विक्षेपकारी बातों से दूर रहकर हमें अंतर्निहित सत्य-तत्त्व के विकास के लिए प्रयत्न करना होगा।

धीरता

नारद नामक एक महान् देवर्षि थे। जैसे मनुष्यों में ऋषि या बड़े-बड़े योगी रहते हैं, वैसे ही देवताओं में भी बड़े-बड़े योगी हैं। नारद भी वैसे ही एक अच्छे और अत्यंत महान् योगी थे। वे सर्वत्र भ्रमण किया करते थे। एक दिन एक वन में से जाते हुए उन्होंने देखा कि एक मनुष्य

ध्यान में इतना मग्न है और इतने दिनों से एक ही आसन पर बैठा है कि उसके चारों ओर दीमक का ढेर लग गया है। उसने नारद से पूछा, "प्रभो, आप कहाँ जा रहे हैं?" नारदजी ने उत्तर दिया, "मैं वैकुंठ जा रहा हूँ।"

तब उसने कहा, "अच्छा, आप भगवान् से पूछते आएँ कि वे मुझ पर कब कृपा करेंगे और मैं कब मुक्ति प्राप्त करूँगा?"

फिर कुछ दूर और जाने पर नारदजी ने एक दूसरे मनुष्य को देखा। वह कूद-फाँद रहा था, कभी नाचता था, तो कभी गाता था। उसने भी नारदजी से पूछा, "हे नारद, आप कहाँ जा रहे हैं?" उस व्यक्ति का कंठस्वर, वाग्भंगी आदि सभी उन्मत्त के समान थे। नारदजी ने कहा, "मैं स्वर्ग जा रहा हूँ।" वह व्यक्ति बोला, "अच्छा, तो भेगवान् से पूछते आएँ कि मैं कब मुक्त होऊँगा?" नारद आगे चले गए।

लौटते समय नारदजी ने दीमक के ढेर के अंदर रहनेवाले उस ध्यानस्थ योगी को देखा। उस योगी ने पूछा, "देवर्षि, क्या आपने मेरी बात पूछी थी?" नारदजी बोले, "हाँ, पूछी थी।" योगी ने पूछा, "तो उन्होंने क्या कहा?" नारदजी ने उत्तर दिया, "भगवान् ने कहा कि मुझको पाने के लिए उसे और चार जन्म लगेंगे।" तब वह योगी घोर विलाप करते हुए कहने लगा, "मैंने

लौटते समय नारदजी ने दीमक के ढेर के अंदर रहनेवाले उस ध्यानस्थ योगी को देखा। उस योगी ने पूछा, "देवर्षि, क्या आपने मेरी बात पूछी थी?" नारदजी बोले, "हाँ, पूछी थी।" योगी ने पूछा, "तो उन्होंने क्या कहा?" नारदजी ने उत्तर दिया, "भगवान् ने कहा कि मुझको पाने के लिए उसे और चार जन्म लगेंगे।" तब वह योगी घोर विलाप करते हुए कहने लगा, "मैंने इतना ध्यान किया है कि मेरे चारों ओर दीमक का ढेर लग गया, फिर भी मुझे और चार जन्म लेने पड़ेंगे!"

इतना ध्यान किया है कि मेरे चारों ओर दीमक का ढेर लग गया, फिर भी मुझे और चार जन्म लेने पड़ेंगे!"

नारदजी तब दूसरे व्यक्ति के पास गए। उसने भी पूछा, "क्या आपने मेरी बात भगवान् से पूछी थी?" नारदजी बोले, "हाँ, सामने जो इमली का पेड़ है, उसके जितने पत्ते हैं, उतनी बार तुमको जन्म लेना पड़ेगा।" यह बात सुनकर वह व्यक्ति आनंद से नृत्य करने लगा और बोला, "मैं इतने कम समय में मुक्ति प्राप्त करूँगा!"

तब एक देववाणी हुई—"मेरे बच्चे, तुम इसी क्षण मुक्ति प्राप्त करोगे।" उसके अध्यवसाय का यही पुरस्कार था। वह इतने जन्म साधना करने के लिए तैयार था। कुछ भी उसे उद्योगशून्य न कर सका।

□

प्रशांति के राज्य में

आध्यात्मिक जीवन का सबसे बड़ा सहायक ध्यान है। ध्यान द्वारा हम अपनी सभी भौतिक भावनाओं से अपने आपको स्वतंत्र कर लेते हैं और अपने ईश्वरीय स्वरूप का अनुभव करने लगते हैं।

ध्यान करते समय हमें कोई बाहरी साधनों पर अवलंबित नहीं रहना पड़ता। गहरे अँधेरे स्थान को भी आत्मा की ज्योति दिव्य प्रकाश से भर देती है, बुरी से बुरी वस्तु में भी वह अपना सौरभ उत्पन्न कर सकती है, वह अत्यंत दुष्ट मनुष्य को भी दिव्य बना देती है और संपूर्ण स्वार्थी भावनाएँ, संपूर्ण शत्रुभाव नष्ट हो जाते हैं।

शरीर का जितना कम खयाल हो, उतना ही अच्छा, क्योंकि वह शरीर ही है, जो हमें नीचे गिराता है। इस शरीर से आसक्ति और उससे तादात्म्य ही हमारे दुःखों के कारण हैं।

'मैं आत्मा हूँ, शरीर नहीं। यह विश्व और उसके संपूर्ण संबंध, उसकी भलाई व उसकी बुराई, यह सब एक चित्रावली-चित्रपट पर खिंची हुई दृश्य-शृंखला है तथा मैं उसका साक्षी हूँ' यह निदिध्यासन ही धर्म-जीवन का रहस्य है।

ध्यान द्वारा रूपांतरण

एक युवक था, जो अपने परिवार का भरण-पोषण नहीं कर सकता था। वह अत्यंत बलवान व दृढ़ था और अंत में उसने दस्यु-वृत्ति स्वीकार

कर ली। अब वह पथिकों पर आक्रमण करता तथा उनकी संपत्ति लूटकर अपने माता-पिता और स्त्री-पुत्रादि का उदर-पोषण करता। एक बार उस पथ से जा रहे नारद नामक महर्षि पर आक्रमण करने तक ऐसा ही चलता रहा।

महर्षि ने उससे पूछा, "तुम मुझे क्यों लूट रहे हो? मनुष्यों को लूटना और उनका वध करना तो बड़ा जघन्य दुष्कृत्य है। तुम क्यों यह पाप संचय कर रहे हो?" दस्यु ने उत्तर दिया, "मैं इस अपहृत धन द्वारा अपने कुटुंबियों का पालन करता हूँ।"

यह सुनकर देवर्षि नारद ने कहा, "दस्यु युवक! अच्छा तुमने कभी इस बात का भी विचार किया है कि क्या तुम्हारे आत्मीय जन तुम्हारे पाप में भी सहभागी होंगे?"

इस पर देवर्षि ने कहा, "बहुत अच्छा, तुम एक काम करो। मुझे इस वृक्ष से बाँध दो और घर जाकर अपने स्वजन से जरा पूछो तो कि जिस प्रकार वे तुम्हारे पापाचरण द्वारा प्राप्त वित्त का उपभोग करते हैं, उसी प्रकार क्या वे तुम्हारे पापों का अंश भी ग्रहण करेंगे?"

दस्यु बोला, "निश्चय ही वे सब मेरे पाप का भाग भी ग्रहण करेंगे।"

इस पर देवर्षि ने कहा, "बहुत अच्छा, तुम एक काम करो। मुझे इस वृक्ष से बाँध दो और घर जाकर अपने स्वजन से जरा पूछो तो कि जिस प्रकार वे तुम्हारे पापाचरण द्वारा प्राप्त वित्त का उपभोग करते हैं, उसी प्रकार क्या वे तुम्हारे पापों का अंश भी ग्रहण करेंगे?"

इस पर दस्यु अपने पिता के पास पहुँचा और उनसे पूछा, "पिताजी, क्या आप जानते हैं, मैं किस प्रकार आपका पालन-पोषण करता हूँ?"

पिता ने उत्तर दिया, "नहीं तो।"

तब वह बोला, "मैं दस्यु हूँ और पथिकों को काल के पास पहुँचाकर मैं उनका धन अपहृत करता हूँ।"

पिता बोला, "नीच! तू मेरा पुत्र होकर यह पाप कृत्य करता है! दूर हट मेरे सामने से।"

तब उसने अपनी माँ के पास पहुँचकर कहा, "माँ, क्या तुम जानती हो, मैं किस तरह तुम्हारा भरण-पोषण करता हूँ।"

उसने कहा, "नहीं तो।"

उसने बताया, "लूट और हत्या से।"

माँ यह सुनते ही चीत्कार कर बोल उठी, "उफ! कितना घोर दुष्कर्म!"

लेकिन लड़के ने पूछा, "पर माँ! क्या तुम मेरे पाप का भी भाग ग्रहण करोगी?"

माँ ने कहा, "कौन, मैं? मैं क्यों तुम्हारे पाप का भाग ग्रहण करूँ? मैंने थोड़े ही किसी को लूटा है!"

तब अपनी पत्नी के पास पहुँचकर उसने पूछा, "क्या तुम जानती हो, मैं किस भाँति तुम्हारी आर्थिक आवश्यकताओं की पूर्ति करता हूँ?"

जब पत्नी ने भी 'नहीं' कहा, तो दस्यु बोला, "तो सुन लो। मैं एक दस्यु हूँ, एक डाकू और लुटेरा हूँ। वर्षों से मैं पथिकों को लूट-लूटकर तुम सबका उदर-पोषण कर रहा हूँ। और आज मैं तुमसे यह पूछने आया हूँ कि क्या तुम मेरे पाप में मेरी सहभागी बनोगी?" पत्नी ने तत्क्षण उत्तर दिया, "नहीं, कदापि नहीं! तुम मेरे पति हो और मेरा पालन करना तुम्हारा कर्तव्य है।"

जब पत्नी ने भी 'नहीं' कहा, तो दस्यु बोला, "तो सुन लो। मैं एक दस्यु हूँ, एक डाकू और लुटेरा हूँ। वर्षों से मैं पथिकों को लूट-लूटकर तुम सबका उदर-पोषण कर रहा हूँ। और आज मैं तुमसे यह पूछने आया हूँ कि क्या तुम मेरे पाप में मेरी सहभागी बनोगी?"

पत्नी ने तत्क्षण उत्तर दिया, "नहीं, कदापि नहीं! तुम मेरे पति हो और मेरा पालन करना तुम्हारा कर्तव्य है।"

दस्यु की आँखें खुल गईं। उसने कहा, "यह है इस संसार की रीति! जिनके लिए मैं यह पाप-कृत्य कर रहा हूँ, वे मेरे आत्मीय भी मेरे प्रारब्ध के भागी नहीं होंगे।" वह उस स्थान पर आया, जहाँ उसने देवर्षि को बाँध रखा था और उन्हें बंधनमुक्त कर वह उनके चरणों में गिरकर आद्योपांत सारी घटना सुनाकर बोला, "प्रभो! मेरी रक्षा करो, मैं क्या करूँ?"

दस्यु की आँखें खुल गईं। उसने कहा, "यह है इस संसार की रीति! जिनके लिए मैं यह पाप-कृत्य कर रहा हूँ, वे मेरे आत्मीय भी मेरे प्रारब्ध के भागी नहीं होंगे।" वह उस स्थान पर आया, जहाँ उसने देवर्षि को बाँध रखा था और उन्हें बंधनमुक्त कर वह उनके चरणों में गिरकर आद्योपांत सारी घटना सुनाकर बोला, "प्रभो! मेरी रक्षा करो, मैं क्या करूँ?"

देवर्षि ने कहा, "इस पापपूर्ण दस्युवृत्ति का परित्याग कर दो। तुमने देख लिया कि तुम्हारे स्वजन में कोई भी तुमसे सच्चा प्रेम नहीं करता। इसलिए इन सब मोहपूर्ण भ्रांतियों को त्याग दो। तुम्हारे स्वजन तुम्हारे ऐश्वर्य में तुम्हारा साथ देंगे, पर जिस क्षण उन्हें ज्ञात हो जाएगा कि तुम दरिद्र हो गए हो, उसी क्षण वे तुम्हें छोड़कर चले जाएँगे। वे तुम्हारे शुभ के भागी तो हैं, किंतु अशुभ का साथी कोई नहीं होना चाहता। इसलिए उसकी उपासना करो, जो पाप-पुण्य सभी अवस्थाओं में हमारा साथ देता है। वह हमारा परित्याग कभी नहीं करता, क्योंकि प्रेम कभी नीचे नहीं गिराता, उसमें विनिमय नहीं होता और वह स्वार्थपरता से कोसों दूर रहता है।"

तदुपरांत देवर्षि ने उसको ईश्वरोपासना की विधि सिखलाई और वह सर्वस्व परित्याग कर अरण्य-प्रदेश में साधना करने चला गया। वहाँ ईश्वराराधना और ध्यान में वह धीरे-धीरे इतना तल्लीन हो गया कि उसे देह-ज्ञान भी न रहा, यहाँ तक कि दीमकों ने उसकी देह पर अपने

वाल्मीक बना लिये और उसे इसका भान तक न हुआ। अनेक वर्ष व्यतीत हो जाने पर एक दिन दस्यु को यह ध्वनि सुनाई पड़ी, "उठिए, महर्षि उठिए।" वह चकित होकर बोल उठा, "महर्षि? नहीं, मैं तो एक अधम दस्यु हूँ।" फिर वही वाणी उसे सुनाई दी, "अब तुम दस्यु नहीं रहे, बल्कि अब तुम तपोपूत महर्षि हो और तुम्हारा वह पुराना नाम भी लुप्त हो गया है। तुम्हारी समाधि इतनी गहरी थी और तुम ईश्वर-ध्यान में इतने तल्लीन हो गए थे कि तुम्हारी देह के चतुर्दिक्, जो वाल्मीक बन गए, उनका तुम्हें ज्ञान तक न हुआ! इसलिए आज से तुम वाल्मीकि के नाम से प्रसिद्ध हुए।" वाल्मीकि, अर्थात् जो दीमक के घर में पैदा हुए। इस प्रकार वह महर्षि बन गया।

लेकिन मन चंचल है। जब वह दृढ़ हो जाता है और उतना अधिक चंचल नहीं रहता, तब ध्यान कहलाता है। और जब मेरे तथा गिलास के बीच का भेद मिट जाता है, तब उससे भी उच्चतर अवस्था होती है—समाधि या अंतर्लयन। मन और गिलास में अभेद हो जाता है।

ध्यान के तीन चरण

ध्यान के तीन चरण होते हैं। प्रथम वह है, जिसे धारणा कहते हैं, किसी वस्तु पर चित्त को ठहराना। मैं इस गिलास पर अपना चित्त एकाग्र करता हूँ और गिलास के अतिरिक्त अन्य प्रत्येक वस्तु को उससे बाहर रखता हूँ।

लेकिन मन चंचल है। जब वह दृढ़ हो जाता है और उतना अधिक चंचल नहीं रहता, तब ध्यान कहलाता है। और जब मेरे तथा गिलास के बीच का भेद मिट जाता है, तब उससे भी उच्चतर अवस्था होती है—समाधि या अंतर्लयन। मन और गिलास में अभेद हो जाता है। मुझे कोई भेद नहीं दिखाई पड़ता। सभी इंद्रियाँ रुक जाती हैं और अन्य इंद्रियों के अन्य प्रवाह-मार्गों में सक्रिय शक्तियाँ मन में केंद्रीभूत हो जाती हैं। तब यह

गिलास पूर्णतः मन की शक्ति के अधीन हो जाता है। इसे ही प्राप्त करना है। यह एक जबरदस्त खेल है, जिसे योगी खेलते हैं।

तनावमुक्त विश्राम

ध्यान का अर्थ यह है कि मन को मोड़कर मन में ही लगा दिया जाए। यदि मन सारी विचार-तरंगें रोक दे, तो संसार रुक जाएगा। तुम्हारी चेतना विस्तृत होती है। जितनी बार तुम ध्यान करोगे, उतना ही अधिक तुम्हारा विकास होगा। थोड़ा और अध्यवसाय करो, निरंतर बढ़ाते जाओ तो ध्यान जम जाएगा। तुमको शरीर या अन्य किसी वस्तु का भान न होगा।

जब तुम ध्यान-काल के बाद उससे उठोगे, तब तुमको प्रतीत होगा कि जीवन-काल की सर्वाधिक सुंदर विश्रांति मिली है। यदि तुम कभी भी अपनी समग्र शारीरिक और मानसिक प्रणाली को आराम दे पाओ, तो उसका यही एकमात्र तरीका है। गहरी-से-गहरी निद्रा से भी उतना विश्राम नहीं मिलेगा, जितना उससे मिलेगा।

जब तुम ध्यान-काल के बाद उससे उठोगे, तब तुमको प्रतीत होगा कि जीवन-काल की सर्वाधिक सुंदर विश्रांति मिली है। यदि तुम कभी भी अपनी समग्र शारीरिक और मानसिक प्रणाली को आराम दे पाओ, तो उसका यही एकमात्र तरीका है। गहरी-से-गहरी निद्रा से भी उतना विश्राम नहीं मिलेगा, जितना उससे मिलेगा।

मन प्रगाढ़तम निद्रा में भी उछलता-कूदता रहता है। ध्यान के उन कुछ क्षणों में तुम्हारा मस्तिष्क लगभग रुक जाता है। थोड़ी सी जीवनी-शक्ति बनी रहती है। तुम शरीर को विस्मृत कर देते हो। तुम बोटी-बोटी काट डाले जाओ, फिर भी तुमको लेशमात्र अनुभव न हो, उसमें तुमको आनंद मिलेगा। तुम इतने हलके भी हो जाओगे। यह पूर्ण विश्रांति हमें ध्यान में मिलेगी।

क्रिया से प्रतिक्रिया होती है

प्रकृति की प्रत्येक इंद्रियोगोचर क्रिया में तुम्हारा योगदान कम-से-कम आधा होता है और आधा प्रकृति का होता है। यदि तुम्हारा आधा निकाल लिया जाए तो वस्तु का अंत अवश्य हो जाए।

प्रत्येक क्रिया के समान प्रतिक्रिया होती है। यदि कोई आदमी मुझ पर प्रहार करता है और मुझे चोट पहुँचाता है, तो वह उस आदमी की क्रिया तथा मेरे शरीर की प्रतिक्रिया है।

हम एक और उदाहरण लें। तुम किसी झील के तरंगरहित तल पर पत्थर गिरा रहे हो। प्रत्येक पत्थर के गिराने के बाद एक प्रतिक्रिया होती है। झील की छोटी तरंगों से पत्थर ढक जाता है। इसी प्रकार बाह्य वस्तुएँ इस मनोहद में गिरनेवाले पत्थरों के समान हैं। अतः हम वस्तुतः बाह्य वस्तु नहीं देखते, बल्कि केवल तरंग देखते हैं।

हम एक और उदाहरण लें। तुम किसी झील के तरंगरहित तल पर पत्थर गिरा रहे हो। प्रत्येक पत्थर के गिराने के बाद एक प्रतिक्रिया होती है। झील की छोटी तरंगों से पत्थर ढक जाता है। इसी प्रकार बाह्य वस्तुएँ इस मनोहद में गिरनेवाले पत्थरों के समान हैं। अतः हम वस्तुतः बाह्य वस्तु नहीं देखते, बल्कि केवल तरंग देखते हैं।

ध्यान की शक्ति

ध्यान की शक्ति हमें सबकुछ प्राप्त करा देती है। यदि तुम प्रकृति पर अधिकार चाहते हो तो तुम ध्यान द्वारा उसे प्राप्त कर सकते हो। ध्यान-शक्ति द्वारा ही आज तमाम वैज्ञानिक तथ्यों की खोज की जाती है। वे विषय का अध्ययन करते हैं और सबकुछ भूल जाते हैं, स्वयं अपनी सुध एवं प्रत्येक वस्तु को भूल जाते हैं और तब वह महान् तथ्य प्रकाश की तरह कौंधता हुआ आता है। कुछ लोग सोचते हैं कि वह अंतःस्फुरण है।

कोई अंत:स्फुरण नहीं होता। जिसे अंत:स्फुरण मान लिया जाता है, वह उन कारणों का परिणाम है, जो मन में पहले से ही विद्यमान रहते हैं। एक दिन परिणाम के रूप में प्रकाश कौंध जाता है! उनका पूर्व कर्म ही कारण था।

उसमें भी तुमको ध्यान-शक्ति व विचार की तीव्रता दिखाई पड़ती है। ये लोग अपनी ही आत्मा को मथ डालते हैं। महान् सत्य सतह के ऊपर उठकर व्यक्त हो जाते हैं। इसलिए ध्यान का अभ्यास ज्ञान की महती वैज्ञानिक पद्धति है।

□

ध्यान एक विज्ञान है

जो कुछ सत् है, वह एक है। वह अनेक नहीं हो सकता। विज्ञान और ज्ञान का यही अभिप्राय है। अज्ञान अनेकता देखता है। ज्ञान एक का साक्षात्कार करता है। अनेक को एक में रूपांतरित करना विज्ञान है। समस्त जगत् को एक सिद्ध किया गया है। उस विज्ञान को 'वेदांत का विज्ञान' कहा जाता है। समस्त जगत् एक है।

इस समय हमारे सामने ये सब विविधताएँ हैं, जिन्हें हम देखते हैं और उन्हें हम पंचभूत कहते हैं—पृथिवी, जल, अग्नि, वायु और आकाश।

ध्यान वह अभ्यास है, जिनमें सबकुछ उस परम सत्य आत्मा में घुला दिया जाता है। पृथिवी जल में रूपांतरित होती है, जल वायु में, वायु आकाश में, तब आकाश मन में और फिर वह मन भी विलीन हो जाता है। सब आत्मा ही है।

तुम जानते हो, ध्यान कल्पना की प्रक्रिया से आता है। तुम इन तत्त्वों के शोधन की इन तमाम प्रक्रियाओं से होकर बढ़ो—एक को दूसरे में रूपांतरित करते जाओ, फिर उसको अपने से ऊँचे में, फिर उसको मन में, फिर उसको आत्मा में और तब तुम आत्मा हो।

यह मृत्तिका का विशाल पिंड है। उस मृत्तिका में से मैंने एक छोटा चूहा बनाया और तुमने छोटा हाथी। दोनों ही मृत्तिका हैं। दोनों को विघटित कर दो। दोनों अनिवार्यत: एक हैं।

पवहारी बाबा : एक आदर्श योगी

उस चोर के बारे में तो प्रत्येक ने सुना है, जो पवहारी बाबा के आश्रम में चोरी करने आया था, परंतु इन संत को देखते ही वह भयभीत हो, चुराए हुए सामान की गठरी वहीं फेंककर भाग गया था। कैसे ये संत वह गठरी लिये उस चोर के पीछे मीलों की कठिन दौड़ के बाद उसके पास जा पहुँचे। कैसे उस संत ने वह गठरी चोर के पैरों में रखी और हाथ जोड़कर सजल नेत्रों से चोर के कार्य में बाधक होने के कारण क्षमा माँगी तथा अत्यंत कातरतापूर्वक उससे प्रार्थना की कि वह उन वस्तुओं को स्वीकार करे, क्योंकि वे उसी की थीं, उन संत की अपनी नहीं।

उस चोर के बारे में तो प्रत्येक ने सुना है, जो पवहारी बाबा के आश्रम में चोरी करने आया था, परंतु इन संत को देखते ही वह भयभीत हो, चुराए हुए सामान की गठरी वहीं फेंककर भाग गया था। कैसे ये संत वह गठरी लिये उस चोर के पीछे मीलों की कठिन दौड़ के बाद उसके पास जा पहुँचे।

हमें विश्वस्त प्रमाणों द्वारा यह भी बताया गया है कि कैसे एक बार एक काले विषधर कोबरे साँप ने उन्हें काट लिया। यद्यपि घंटों तक उन्हें मृत समझ कर आशा छोड़ दी गई थी, परंतु वे पूर्ववत् स्वस्थ हो गए; जब उनके मित्रों ने उनसे इसके संबंध में पूछा तो उन्होंने यही कहा, "यह नाग तो हमारे प्रियतम का दूत था।"

उनकी एक विशेषता यह थी कि वे जिस समय जो काम हाथ में लेते थे, वह चाहे कितना ही तुच्छ क्यों न हो, उसमें वे पूर्णतया तल्लीन हो जाते थे। जिस प्रकार श्री रघुनाथजी की पूजा वे पूर्ण अंत:करण से करते थे, उसी प्रकार एकाग्रता तथा लगन के साथ वे एक ताँबे का क्षुद्र बरतन भी माँजते थे। उन्होंने हमें कर्म-रहस्य के संबंध में यह शिक्षा दी थी कि 'जस साधन तस सिद्धि', अर्थात् 'ध्येय-

प्राप्ति के साधनों से वैसा ही प्रेम रखना चाहिए, मानो वे स्वयं ही ध्येय हों।' और वे स्वयं इस महान् सत्य के उत्कृष्ट उदाहरण थे।

लेखक ने एक समय इन संत से पूछा था कि "संसार की सहायता करने के लिए वे अपनी गुफा से बाहर क्यों नहीं आते।" तब उन्होंने यह उत्तर दिया, "तुम्हारी क्या ऐसी धारणा है कि केवल स्थूल शरीर द्वारा ही दूसरों की सहायता हो सकती है? क्या शरीर के क्रियाशील हुए बिना केवल मन ही दूसरों के मन की सहायता नहीं कर सकता?"

बुद्ध के बारे में आख्यायिका

जब गौतम बुद्ध हो गए, तब वे इतने पवित्र थे कि दूर से भी जो कोई उनका दर्शन करता, वह तुरंत आनुष्ठानिक धर्म को छोड़कर भिक्षु बनकर बच निकलता था। अत: देवताओं ने सभा की। उन्होंने कहा, "हम तो गए काम से।" क्योंकि अधिकांश देवता अनुष्ठानों के सहारे रहते थे। ये यज्ञ देवताओं के लिए होते थे और अब ये यज्ञ नहीं रहे। देवगण भूखे मर रहे थे और इसका कारण यह था कि उनका प्रभुत्व समाप्त हो गया था।

लेखक ने एक समय इन संत से पूछा था कि "संसार की सहायता करने के लिए वे अपनी गुफा से बाहर क्यों नहीं आते।" तब उन्होंने यह उत्तर दिया, "तुम्हारी क्या ऐसी धारणा है कि केवल स्थूल शरीर द्वारा ही दूसरों की सहायता हो सकती है? क्या शरीर के क्रियाशील हुए बिना केवल मन ही दूसरों के मन की सहायता नहीं कर सकता?"

अत: देवताओं ने कहा, "किसी भी प्रकार से हमें इस व्यक्ति का काम तमाम करना चाहिए। वह हमारे जीवन की तुलना में कहीं अधिक पवित्र है।" तब देवगण आकर बुद्ध से बोले, "भगवन्! हम आपसे कुछ माँगने आए हैं। हम एक महायज्ञ करना चाहते हैं, जिसका अभिप्राय विशाल अग्नि प्रज्वलित करने से है तथा हम संपूर्ण विश्व में किसी

ऐसे पवित्र स्थान की खोज करते आ रहे हैं, जहाँ हम अग्नि प्रज्वलित कर सकें, परंतु ऐसा स्थान हम नहीं खोज पाए थे, किंतु अब हमने इसे खोज लिया है। यदि आप लेट जाएँ, तो आपकी छाती पर हम विशाल अग्नि प्रज्वलित करेंगे।" बुद्ध ने कहा, "तथास्तु! ऐसा ही करो।" और देवताओं ने बुद्ध की छाती पर उच्च शिखा की अग्नि प्रज्वलित की तथा उन्होंने सोचा कि बुद्ध के प्राण निकल गए, परंतु बात ऐसी नहीं थी। तब देवगण अपनी चेष्टा में लगे रहे और बोले, "हम तो हार गए।" फिर सभी देवता उन पर प्रहार करने लगे, पर कुछ लाभ न हुआ। वे बुद्ध को मार न सके। तब नीचे से यह ध्वनी आती है, "तुम लोग ये सभी व्यर्थ प्रयत्न क्यों कर रहे हो?"

"भगवन्! हम आपसे कुछ माँगने आए हैं। हम एक महायज्ञ करना चाहते हैं, जिसका अभिप्राय विशाल अग्नि प्रज्वलित करने से है तथा हम संपूर्ण विश्व में किसी ऐसे पवित्र स्थान की खोज करते आ रहे हैं, जहाँ हम अग्नि प्रज्वलित कर सकें, परंतु ऐसा स्थान हम नहीं खोज पाए थे, किंतु अब हमने इसे खोज लिया है। यदि आप लेट जाएँ, तो आपकी छाती पर हम विशाल अग्नि प्रज्वलित करेंगे।"

"जो कोई भी तुम्हें देखता है, वह पवित्र हो जाता है तथा उसका उद्धार हो जाता है, इसलिए कोई भी हमारी पूजा नहीं करेगा। तब तो तुम्हारा प्रयत्न विफल है, क्योंकि पवित्रता को कभी भी मारा नहीं जा सकता।"

समाधि का गीत

सूर्य भी नहीं है, ज्योति-सुंदर-शशांक नहीं,
छाया-सा व्योम में यह विश्व नजर आता है।
मनोकाशा अस्फुट, भासमान विश्व वहाँ,

अहंकार–स्रोत ही में तिरता–डूब जाता है।
धीरे–धीरे छायादल लय में समाया जब
धारा निज अहंकार मंदगति बहाता है,
बंद वह धारा हुई, शून्य में मिला है शून्य,
'अवाङ्मनसगोचरम्' वह जाने जो ज्ञाता है।

□

प्रश्नोत्तर

प्रश्न—"गुरु किसे कह सकते हैं?"

स्वामी विवेकानंद—"जो तुम्हारे भूत-भविष्य को बता सकें, वे ही तुम्हारे गुरु हैं।"

प्रश्न—"भक्ति-लाभ किस प्रकार होता है?"

स्वामीजी—"भक्ति तो तुम्हारे भीतर ही है, केवल उसके ऊपर काम-कांचन का एक आवरण-सा पड़ा हुआ है। उसको हटाते ही भीतर की वह भक्ति स्वयमेव प्रकट हो जाएगी।"

प्रश्न—"क्या कुंडलिनी नाम की कोई वास्तविक वस्तु इस स्थूल शरीर के भीतर है?"

स्वामीजी—"श्रीरामकृष्ण देव कहते थे, 'योगी जिन्हें पद्म कहते हैं, वास्तव में वे मनुष्य के शरीर में नहीं हैं। योगाभ्यास से उनकी उत्पत्ति होती है।"

प्रश्न—"क्या मूर्ति-पूजा द्वारा मुक्ति-लाभ हो सकता है?"

स्वामीजी—"मूर्ति-पूजा से साक्षात् मुक्ति की प्राप्ति नहीं हो सकती, फिर भी वह मुक्ति-प्राप्ति में गौण कारणस्वरूप है, सहायक है। मूर्ति-पूजा की निंदा करना उचित नहीं, क्योंकि बहुतों के लिए मूर्ति-पूजा ही अद्वैत ज्ञान की उपलब्धि के लिए मन को तैयार कर देती है और केवल इस अद्वैत-ज्ञान की प्राप्ति से ही मनुष्य सिद्ध हो सकता है।"

प्रश्न—"मुक्ति क्या है?"

स्वामीजी—"मुक्ति का अर्थ है पूर्ण स्वाधीनता, शुभ और अशुभ, दोनों प्रकार के बंधनों से मुक्त हो जाना। सोने की कड़ी भी लोहे की कड़ी के समान ही है। श्रीरामकृष्ण देव कहते हैं, 'पैर में काँटा चुभने पर उसे निकालने के लिए एक दूसरे काँटे की आवश्यकता होती है। काँटा निकल जाने पर दोनों काँटे फेंक दिए जाते हैं। इसी तरह सत्प्रवृत्ति द्वारा असत् प्रवृत्तियों का दमन करना पड़ता है, परंतु बाद में सत्प्रवृत्तियों पर भी विजय प्राप्त करनी पड़ती है।' "

प्रश्न—"वेदांत के लक्ष्य तक कैसे पहुँचा जा सकता है?"

स्वामीजी—"श्रवण, मनन और निदिध्यासन द्वारा। किसी सद्गुरु से ही श्रवण करना चाहिए। चाहे कोई नियमित रूप से शिष्य न हुआ हो, पर अगर जिज्ञासु सुपात्र है और वह सद्गुरु के शब्दों का श्रवण करता है तो उसकी मुक्ति हो जाती है।"

प्रश्न—"ध्यान कहाँ लगाना चाहिए? शरीर के भीतर या बाहर? मन को भीतर समेटना चाहिए अथवा बाह्य प्रदेश में स्थापित करना चाहिए?"

स्वामीजी—"हमें भीतर ध्यान लगाने का यत्न करना चाहिए। जहाँ तक मन के इधर-उधर भागने का सवाल है, मनोमय कोष में पहुँचने में लंबा समय लगेगा। अभी तो हमारा संघर्ष शरीर से है। जब आसन सिद्ध हो जाता है, तभी मन से संघर्ष आरंभ होता है। आसन सिद्ध हो जाने पर अंग-प्रत्यंग निश्चल हो जाते हैं और साधक चाहे जितने समय तक बैठा रह सकता है।"

स्वामीजी—"मुक्ति का अर्थ है पूर्ण स्वाधीनता, शुभ और अशुभ, दोनों प्रकार के बंधनों से मुक्त हो जाना। सोने की कड़ी भी लोहे की कड़ी के समान ही है। श्रीरामकृष्ण देव कहते हैं, 'पैर में काँटा चुभने पर उसे निकालने के लिए एक दूसरे काँटे की आवश्यकता होती है। काँटा निकल जाने पर दोनों काँटे फेंक दिए जाते हैं।

प्रश्न—"कभी-कभी जप से थकान मालूम होने लगती है। तब क्या उसकी जगह स्वाध्याय करना चाहिए या उसी पर आरूढ़ रहना चाहिए?"

स्वामीजी—"दो कारणों से जप मे थकान मालूम होती है। कभी-कभी मस्तिष्क थक जाता है और कभी-कभी आलस्य के परिणामस्वरूप ऐसा होता है। यदि प्रथम कारण है, तो उस समय कुछ क्षण तक जप छोड़ देना चाहिए, क्योंकि हठपूर्वक जप में लगे रहने से विभ्रम या विक्षिप्तावस्था आदि आ जाती हैं। परंतु यदि द्वितीय कारण है, तो मन को बलात् जप में लगाना चाहिए।"

प्रश्न—"यदि मन इधर-उधर भागता रहे, तब भी क्या देर तक जप करते रहना ठीक है?"

स्वामीजी—"हाँ, ठीक उसी प्रकार, जैसे अगर किसी बदमाश घोड़े की पीठ पर कोई अपना आसन जमाए रखे तो वह उसे वश में कर लेता है।"

"यदि आत्मज्ञान के प्रयास में मर जाना पड़े तो भय किस बात का! ज्ञानार्जन तथा अन्य बहुत सी वस्तुओं के लिए मरने में मनुष्य को भय नहीं होता और धर्म के लिए मरने में आप भयभीत क्यों हो?"

प्रश्न—"आपने अपने 'भक्तियोग' में लिखा है कि यदि कोई कमजोर आदमी योगाभ्यास का यत्न करता है तो घोर प्रतिक्रिया होती है। तब क्या किया जाए?"

स्वामीजी—"यदि आत्मज्ञान के प्रयास में मर जाना पड़े तो भय किस बात का! ज्ञानार्जन तथा अन्य बहुत सी वस्तुओं के लिए मरने में मनुष्य को भय नहीं होता और धर्म के लिए मरने में आप भयभीत क्यों हो?"

प्रश्न—"प्रार्थना की उपादेयता क्या है?"

स्वामीजी—"सोई हुई शक्ति प्रार्थना से आसानी से जाग उठती है और यदि सच्चे मन से की जाए तो सभी इच्छाएँ पूरी हो सकती हैं; किंतु

अगर सच्चे मन से न की जाए, तो दो दस में से एक की पूर्ति होती है, परंतु इस तरह की प्रार्थना स्वार्थपूर्ण होती है, अतः वह त्याज्य है।"

अनुभव तथा सत्यापन

स्वामीजी—"एक दिन दक्षिणेश्वर के मंदिर-उद्यान में श्रीरामकृष्ण ने मेरे हृदय के स्थान को स्पर्श किया, पहले तो मैं देखने लगा कि घर कमरे, द्वार, खिड़कियाँ, बरामदे, वृक्ष, सूर्य, चंद्र—सभी द्रुतगति से उड़े जा रहे थे, मानो टुकड़े-टुकड़े होकर परमाणुओं तथा अणुओं में परिवर्तित हो रहे थे और अंत में आकाश में विलीन हो गए। धीरे-धीरे आकाश भी लुप्त हो गया, तत्पश्चात् इसके साथ मेरे अहंकार की चेतना भी लुप्त हो गई; आगे क्या हुआ, मुझे याद नहीं। पहले तो मैं भयभीत हो गया। उस अवस्था से लौटकर मैं पुनः घर, द्वार, खिड़कियाँ, बरामदे तथा अन्य वस्तुएँ देखने लगा। एक अन्य अवसर पर अमेरिका में एक झील के किनारे मुझे बिल्कुल वैसी ही अनुभूति हुई थी।"

एक दिन दक्षिणेश्वर के मंदिर-उद्यान में श्रीरामकृष्ण ने मेरे हृदय के स्थान को स्पर्श किया, पहले तो मैं देखने लगा कि घर कमरे, द्वार, खिड़कियाँ, बरामदे, वृक्ष, सूर्य, चंद्र—सभी द्रुतगति से उड़े जा रहे थे, मानो टुकड़े-टुकड़े होकर परमाणुओं तथा अणुओं में परिवर्तित हो रहे थे और अंत में आकाश में विलीन हो गए।

शिष्य—"क्या ऐसी अवस्था मस्तिष्क की विकृति से नहीं हो सकती? और मैं यह नहीं समझ सकता कि ऐसी अवस्था की अनुभूति में प्रसन्नता की क्या बात है?"

स्वामीजी—"मस्तिष्क का पागलपन! तुम इसे ऐसा कैसे कह सकते हो, जबकि यह अवस्था न तो रोगजनित उन्माद के कारण, न मद्यपान के नशे से और न ही अनेकविध विचित्र श्वास-अभ्यासों से

उत्पन्न भ्रम है, परंतु यह अनुभूति सामान्य अवस्थावाले मनुष्य को ही होती है, जब वह पूर्ण स्वस्थ तथा सचेत होता है। फिर यह अनुभव वेदों के साथ संपूर्ण सामंजस्य रखता है। यह उच्च भावनाओं से प्रेरित प्राचीन आप्त ऋषियों तथा आचार्यों के अनुभूति-संपन्न शब्दों से भी मेल खाता है।"

□

अनासक्त कैसे हों?

हमारे प्राय: सभी क्लेशों का कारण हममें अनासक्ति के सामर्थ्य का अभाव है। अतएव मन की एकाग्रता के सामर्थ्य के विकास के साथ-साथ हमें अनासक्ति के सामर्थ्य का विकास अवश्य करना चाहिए। सब ओर से मन को हटाकर किसी एक वस्तु में उसे संलग्न करना ही नहीं, वरन् एक क्षण में उससे अनासक्त कर किसी अन्य वस्तु में स्थापित करना भी हमें अवश्य सीखना चाहिए। इसे निरापद बनाने के लिए इन दोनों का अभ्यास एक साथ बढ़ाना चाहिए।

यह मन का सुव्यवस्थित विकास है। मेरे विचार से तो शिक्षा का सार मन की एकाग्रता प्राप्त करना है, तथ्यों का संकलन नहीं। यदि मुझे फिर से अपनी शिक्षा आरंभ करनी हो और उसमें मेरा वश चले, तो मैं तथ्यों का अध्ययन कदापि न करूँ। मैं मन की एकाग्रता और अनासक्ति का सामर्थ्य बढ़ाता और उपकरण के पूर्णतया तैयार होने पर उससे इच्छानुसार तथ्यों का संकलन करता।

हमें चाहिए कि हम अपना मन वस्तुओं पर नियोजित करें, न कि वस्तुएँ हमारे मन को खींच लें। हमें बहुधा विवश होकर मन एकाग्र करना पड़ता है। हमारा मन विवश होकर विभिन्न वस्तुओं पर उनके किसी आकर्षक गुण के कारण जमने लगता है और हम उसका प्रतिरोध नहीं कर पाते। मन को वश में करने, अभीष्ट स्थान पर उसे लगाने के लिए विशेष प्रशिक्षण की आवश्यकता पड़ती है।

मन का अनुशीलन कैसे करें ?

अनियंत्रित और अनिर्दिष्ट मन हमें सदैव उत्तरोत्तर नीचे की ओर घसीटता रहेगा। हमें चीथ डालेगा, हमें मार डालेगा, और नियंत्रित तथा निर्दिष्ट मन हमारी रक्षा करेगा, हमें मुक्त करेगा।

किसी पार्थिव विज्ञान के अध्ययन और विश्लेषण के लिए पर्याप्त आँकड़े जुटाए जाते हैं। इन तथ्यों का अध्ययन एवं विश्लेषण किया जाता है और परिणाम होता है, उस विज्ञान की जानकारी। किंतु मन के अध्ययन एवं विश्लेषण के लिए कोई आँकड़े नहीं हैं, बाहर से उपलब्धि के लिए कोई ऐसे तथ्य नहीं हैं, जो समान रूप से सर्वसुलभ हों। मन का विश्लेषण स्वयं उसी के द्वारा होता है। इसलिए सर्वश्रेष्ठ विज्ञान है—मन का विज्ञान अथवा मनोविज्ञान।

गहन-गहन गहराई में वह यथार्थ मनुष्य है, आत्मा। मन को अंतर्मुख कर लो और उससे संयुक्त हो जाओ। स्थायित्व की उस पीठिका से मन के परिभ्रमणों का निरीक्षण तथा तथ्यों का पर्यवेक्षण किया जा सकता है और यह हमें सभी व्यक्तियों में मिलेंगे।

गहन-गहन गहराई में वह यथार्थ मनुष्य है, आत्मा। मन को अंतर्मुख कर लो और उससे संयुक्त हो जाओ। स्थायित्व की उस पीठिका से मन के परिभ्रमणों का निरीक्षण तथा तथ्यों का पर्यवेक्षण किया जा सकता है और यह हमें सभी व्यक्तियों में मिलेंगे।

मन को वश में करने के लिए तुमको अवचेतन मन की गहराई में अवश्य जाना पड़ेगा और वहाँ जो विभिन्न संस्कार, विचार आदि संचित हैं, उन्हें क्रमबद्ध करना पड़ेगा तथा उन पर नियंत्रण रखना पड़ेगा। यह प्रथम सोपान है। अवचेतन मन पर नियंत्रण से चेतन मन पर तुम्हारा नियंत्रण स्थापित हो जाएगा।

ध्यान के लिए उपयोगी निर्देश

शिष्य—"ध्यान का वास्तविक स्वरूप क्या है ?"

स्वामीजी—"किसी विषय पर मन को एकाग्र करना ही ध्यान है। यदि मन किसी एक विषय पर एकाग्रता प्राप्त कर लेता है तो उसे किसी भी विषय पर एकाग्र किया जा सकता है।"

शिष्य—"शास्त्र में विषय और निर्विषय भेद से दो प्रकार के ध्यान बताए गए हैं। इनका अर्थ क्या है तथा इन दोनों में कौन सा श्रेष्ठ है ?"

स्वामीजी—"पहले मन के समक्ष किसी एक विषय का आश्रय कर ध्यान का अभ्यास करना पड़ता है। एक समय मैं किसी काले बिंदु पर अपने मन को एकाग्र किया करता था। अंतत: उन दिनों मुझे वह बिंदु दिखना बंद हो गया तथा उसे मैं अपने समक्ष पाता ही नहीं था, मन का अस्तित्व ही नहीं रहता था, संकल्प की कोई तरंग ही नहीं उठती थी, मानो निवात समुद्र के समान मन का पूर्ण निरोध हो जाता था। ऐसी अवस्था में मुझे अतींद्रिय सत्य की झलकियों की अनुभूति हुआ करती थी। अत: मैं सोचता कि किसी साधारण से बाह्य विषय पर ध्यान का अभ्यास भी मानसिक एकाग्रता में फलित होता है। परंतु यह सत्य है कि जिसका जिसमें मन लगता है, उसी के ध्यान का अभ्यास करने से मन अति सहजता में ही शांति प्राप्त कर लेता है। इसीलिए हमारे देश में इतने देवी-देवताओं की मूर्तियाँ पूजने की व्यवस्था है। मुख्य उद्‌देश्य तो मन को वृत्तिहीन करना है; किंतु किसी विषय में तन्मय हुए बिना यह संभव नहीं है।"

शिष्य—"परंतु मनोवृत्ति पूर्णतया विषयाकार होने से मन में ब्रह्म की धारणा कैसे हो सकती है ?"

स्वामीजी—"हाँ, यद्यपि पहले तो मन बाह्य विषय के साथ तदाकार होता है, परंतु बाद में उस वस्तु या विषय की संज्ञा का लोप हो जाता है, तब केवल 'अस्ति' मात्र का ही बोध रहता है।"

अलौकिक शक्तियाँ

स्वामीजी बोले, "सिद्धाई या विभूति मन के थोड़े ही संयम से प्राप्त हो जाती है।" शिष्य को लक्ष्य करके उन्होंने पूछा, "क्या तू औरों के मन की बात जानने की विद्या सीखेगा? मैं चार-पाँच दिन में ही तुझे यह सिखला सकता हूँ।"

शिष्य—"इससे क्या उपकार होगा?"

स्वामीजी—"क्यों? औरों के मन की बात जान सकेगा।"

शिष्य—"क्या इससे ब्रह्म-विद्या प्राप्त करने में कोई सहायता मिलेगी?"

स्वामीजी—"कुछ भी नहीं।"

शिष्य—"तब वह विद्या सीखने से मेरा कोई प्रयोजन नहीं।"

स्वामीजी—"श्रीरामकृष्ण सिद्धाइयों की बड़ी निंदा किया करते थे। वे कहा करते थे कि इन शक्तियों की अभिव्यक्ति की ओर मन लगाए रखने से कोई परमार्थ को नहीं पहुँचता; परंतु मनुष्य का मन ऐसा दुर्बल है कि गृहस्थों का तो कहना ही क्या, साधुओं में भी चौदह आने लोग सिद्धाई के उपासक होते हैं। पाश्चात्य देशों में लोग इन जादुओं को देखकर निर्वाक् हो जाते हैं। सिद्धाई-लाभ करना बुरा है और वह धर्म-पथ में विघ्न डालता है। श्रीरामकृष्ण के कृपापूर्वक समझाने के कारण ही मैं यह बात समझ सका हूँ। क्या तुमने देखा नहीं कि श्रीगुरुदेव की संतानों में से कोई उधर ध्यान नहीं देता?"

□

समाधि का रहस्य

शिष्य—"क्या नि:शेष समाधि या परम निर्विकल्प समाधि प्राप्त होने पर कोई फिर अहंज्ञान का आश्रय लेकर द्वैतभाव के राज्य में इस संसार में नहीं लौट सकता?"

स्वामीजी—"श्रीरामकृष्ण कहा करते थे कि एकमात्र अवतारी पुरुष ही जीव की मंगलकामना कर ऐसी समाधि से लौट सकते हैं। साधारण जीवों का फिर व्युत्थान नहीं होता।"

शिष्य—"मन के विलुप्त होने पर जब समाधि होती है, मन में जब कोई लहर नहीं रह जाती, तब फिर विक्षेप अर्थात् अहंज्ञान का आश्रय लेकर संसार में लौटने की क्या संभावना है? जब मन ही नहीं रहा, तब कौन या किसलिए समाधि अवस्था को छोड़कर द्वैतराज्य में उतरकर आएगा?"

स्वामीजी—"वेदांत शास्त्र का अभिप्राय यह है कि नि:शेष निरोध समाधि से पुनरावृत्ति नहीं होती; परंतु अवतारी लोग जीवों के मंगल के निमित्त एक-आध सामान्य वासना रख लेते हैं। उसी के आश्रय से ज्ञानातीत अद्वैतभूमि से वे 'मैं-तुम' की ज्ञानमूलक द्वैतभूमि में उतर आते हैं।"

ओज की शक्ति

योगी कहते हैं कि मनुष्य में जो शक्ति काम-क्रिया, काम-चिंतन आदि रूपों में प्रकाशित हो रही है, उसका दमन करने पर वह सहज ही ओज में परिणत हो जाती है।

यह ओज मस्तिष्क में संचित रहता है। जिसके मस्तक में ओज जितने अधिक परिमाण में रहता है, वह उतना ही अधिक बुद्धिमान और आध्यात्मिक बल से बली होता है। एक व्यक्ति बड़ी सुंदर भाषा में सुंदर भाव व्यक्त करता है, परंतु लोग आकृष्ट नहीं होते और दूसरा व्यक्ति न सुंदर भाषा बोल सकता है, न सुंदर ढंग से भाव व्यक्त कर सकता है, परंतु फिर भी लोग उसकी बात से मुग्ध हो जाते हैं। वह जो कुछ कार्य करता है, उसी में महाशक्ति का विकास देखा जाता है। ऐसी है ओज की शक्ति!

कामजई स्त्री-पुरुष ही इस ओज को मस्तिष्क में संचित कर सकते हैं। इसीलिए ब्रह्मचर्य ही सदैव सर्वश्रेष्ठ धर्म माना गया है। इसी कारण देखोगे कि संसार में जिन-जिन संप्रदायों में बड़े-बड़े धर्मवीर पैदा हुए हैं, उन सभी संप्रदायों ने ब्रह्मचर्य पर विशेष जोर दिया है।

कामजई स्त्री-पुरुष ही इस ओज को मस्तिष्क में संचित कर सकते हैं। इसीलिए ब्रह्मचर्य ही सदैव सर्वश्रेष्ठ धर्म माना गया है। इसी कारण देखोगे कि संसार में जिन-जिन संप्रदायों में बड़े-बड़े धर्मवीर पैदा हुए हैं, उन सभी संप्रदायों ने ब्रह्मचर्य पर विशेष जोर दिया है। इसीलिए विवाह-त्यागी संन्यासी दल की उत्पत्ति हुई है। इस ब्रह्मचर्य का पूर्ण रूप से तन-मन-वचन से पालन करना नितांत आवश्यक है।

अध्ययन में नैपुण्य

कुछ दिन हुए, मठ में नया अंग्रेजी विश्वकोश इनसाइक्लोपीडिया ब्रिटानिका खरीदा गया है। नई चमकीली पुस्तकों को देखकर शिष्य ने स्वामीजी से कहा, "इतनी पुस्तकें एक जीवन में पढ़ना तो कठिन है।" उस समय शिष्य नहीं जानता था कि स्वामीजी ने उन पुस्तकों के दस खंडों का इसी बीच में अध्ययन समाप्त करके ग्यारहवाँ खंड प्रारंभ कर दिया है।

स्वामीजी—"क्या कहता है? इन दस पुस्तकों में से मुझसे जो चाहे पूछ ले, सब बता दूँगा।"

शिष्य ने विस्मित होकर पूछा, "क्या आपने इन सभी पुस्तकों को पढ़ लिया है?"

स्वामीजी—"क्या बिना पढ़े ही कह रहा हूँ?"

इसके अनंतर स्वामीजी का आदेश पाकर शिष्य उन सब पुस्तकों से चुन-चुनकर कठिन विषयों को पूछने लगा। आश्चर्य है, स्वामीजी ने उन सब विषयों का मर्म तो कहा ही, पर स्थान-स्थान पर पुस्तक की भाषा तक उद्धृत की। शिष्य ने उस विराट् दस खंड की पुस्तकों में से प्रत्येक खंड से दो-एक विषय पूछे और सभी स्वामीजी की असाधारण बुद्धि तथा स्मरण-शक्ति देख विस्मित होकर पुस्तकों को उठाकर रखते हुए उसने कहा, "यह मनुष्य की शक्ति नहीं।"

स्वामीजी—"देखा, एकमात्र ब्रह्मचर्य का ठीक-ठीक पालन कर सकने पर सभी विद्याएँ क्षण भर में याद हो जाती हैं और मनुष्य श्रुतिधर, स्मृतिधर बन जाता है।"

□

मन की शक्ति

राजयोग-विद्या पहले मनुष्य को उसकी अपनी आभ्यंतरिक अवस्थाओं के पर्यवेक्षण का इस प्रकार उपाय दिखा देती है। मन ही उस पर्यवेक्षण का यंत्र है। मनोयोग की शक्ति का सही-सही नियमन कर जब उसे अंतर्जगत् की ओर परिचालित किया जाता है, तभी वह मन का विश्लेषण कर सकती है और तब उसके प्रकाश से हम सही-सही समझ सकते हैं कि अपने मन के भीतर क्या घट रहा है। मन की शक्तियाँ इधर-उधर बिखरी हुई प्रकाश की किरणों के समान हैं। जब उन्हें केंद्रीभूत किया जाता है, तब वे सबकुछ आलोकित कर देती हैं। यही ज्ञान का हमारा एकमात्र उपाय है।

यदि केवल यह ज्ञात हो गया कि प्रकृति का द्वार कैसे खटखटाना चाहिए? उस पर कैसे आघात करना चाहिए? तो बस, प्रकृति अपना सारा रहस्य खोल देती है। उस आघात की शक्ति और तीव्रता एकाग्रता से ही आती है। मानव-मन की शक्ति की कोई सीमा नहीं। वह जितना ही एकाग्र होता है, उतनी ही उसकी शक्ति एक लक्ष्य पर केंद्रित होती है; यही रहस्य है।

रहस्य-स्पृहा

इन सारी योग-प्रणालियों में जो कुछ गुह्य या रहस्यात्मक है, सब छोड़ देना पड़ेगा। जिससे बल मिलता है, उसी का अनुसरण करना

चाहिए। अन्यान्य विषयों में जैसा है, धर्म में भी ठीक वैसा ही है, जो तुमको दुर्बल बनाता है, वह समूल त्याज्य है। रहस्य-स्पृहा मानव-मस्तिष्क को दुर्बल कर देती है। इसके कारण ही आज विज्ञानों में से एक उत्कृष्ट विज्ञान योगशास्त्र नष्ट सा हो गया है।

मध्यम मार्ग का अनुगमन करो

योगी को अधिक सुख-विलास और कठोरता—दोनों को ही त्याग देना चाहिए। उसके लिए उपवास करना या देह को किसी प्रकार कष्ट देना उचित नहीं। गीता कहती है, "जो अपने को अनर्थक क्लेश देते हैं, वे कभी योगी नहीं हो सकते। अतिभोजनकारी, उपवासशील, अधिक जागरणशील, अधिक निद्रालु, अत्यंत कर्मी अथवा बिल्कुल आलसी, इनमें से कोई भी योगी नहीं हो सकता।"

□

राज-मार्ग

इस सत्य अमरत्व को प्राप्त करने के लिए राजयोग-विद्या मानव के समक्ष यथार्थ व्यावहारिक और साधनोपयोगी वैज्ञानिक प्रणाली रखने का प्रस्ताव करती है।

पहले तो प्रत्येक विद्या के अनुसंधान और साधन की प्रणाली पृथक्-पृथक् है। यदि तुम खगोलज्ञ होने की इच्छा करो और बैठे-बैठे केवल 'खगोल विज्ञान, खगोल विज्ञान' कहकर चिल्लाते रहो, तो तुम कभी खगोल विज्ञान के अधिकारी नहीं हो सकोगे। रसायनशास्त्र के संबंध में भी ऐसा ही है, उसमें भी एक निर्दिष्ट प्रणाली का अनुसरण करना होगा, प्रयोगशाला में जाकर विभिन्न द्रव्यादि लेने होंगे, उनको एकत्र करना होगा, उन्हें उचित अनुपात में मिलाना होगा, फिर उनको लेकर उनकी परीक्षा करनी होगी, तब कहीं तुम रसायनविद् हो सकोगे। यदि तुम खगोलज्ञ होना चाहते हो तो तुम्हें वेधशाला में जाकर दूरबीन की सहायता से तारों और ग्रहों का पर्यवेक्षण करके उनके विषय में समीक्षा करनी होगी, तभी तुम खगोलज्ञ हो सकोगे।

प्रत्येक विद्या की अपनी एक निर्दिष्ट प्रणाली है। मैं तुम्हें सैकड़ों उपदेश दे सकता हूँ, परंतु यदि तुम साधना न करो, तो तुम कभी धार्मिक न हो सकोगे।

ध्यान का प्रभाव

दिन-रात ब्रह्म-विषय का अनुसंधान किया करो। एकाग्र मन से ध्यान किया करो और शेष समय में या तो कोई लोकहितकर काम किया करो या मन-ही-मन सोचा करो कि 'जीवों का-जगत् का उपकार हो। सभी की दृष्टि ब्रह्म की ओर लगी रहे।'

इस प्रकार लगातार चिंतन की लहरों द्वारा ही जगत् का उपकार होगा। जगत् का कोई भी सदनुष्ठान व्यर्थ नहीं जाता, चाहे वह कार्य हो या चिंतन। तुम्हारे चिंतन से ही प्रभावित होकर संभव है कि अमेरिका के किसी व्यक्ति को ज्ञान-प्राप्ति हो।

ध्यान के समय

तेल की धार की तरह मन को एक ओर लगाए रखना चाहिए। जीव का मन अनेकानेक विषयों से विक्षिप्त हो रहा है। ध्यान के समय भी पहले-पहल मन विक्षिप्त होता है। मन में जो चाहे भाव उठें, उन्हें उस समय स्थिर हो बैठकर देखना चाहिए। देखते-देखते मन स्थिर हो जाता है और फिर मन में चिंतन की तरंगें नहीं रहतीं। वह तरंग-समूह ही है, मन की संकल्प-वृत्ति। इससे पूर्व जिन विषयों का तीव्र भाव से चिंतन किया है, उनका अवचेतन तरंग के रूप में परिवर्तित होकर एक मानसिक प्रवाह रहता है, इसीलिए वे विषय ध्यान के समय मन में उठते हैं। साधक का मन धीरे-धीरे स्थिरता की ओर जा रहा है, उनका उठना या ध्यान के समय स्मरण होना ही उसका प्रमाण है कि मन कभी-कभी किसी भाव को लेकर एकवृत्तिस्थ

तेल की धार की तरह मन को एक ओर लगाए रखना चाहिए। जीव का मन अनेकानेक विषयों से विक्षिप्त हो रहा है। ध्यान के समय भी पहले-पहल मन विक्षिप्त होता है। मन में जो चाहे भाव उठें, उन्हें उस समय स्थिर हो बैठकर देखना चाहिए। देखते-देखते मन स्थिर हो जाता है और फिर मन में चिंतन की तरंगें नहीं रहतीं।

हो जाता है, उसी का नाम है सविकल्प ध्यान। और मन जिस समय सभी वृत्तियों से शून्य होकर निराधार एक अखंड बोध रूपी प्रत्यक्ष चैतन्य में लीन हो जाता है, उसका नाम है 'वृत्तिशून्य निर्विकल्प समाधि'।

हमने श्रीरामकृष्ण में ये दोनों समाधियाँ बार-बार देखी हैं। उन्हें ऐसी स्थितियों को प्रयत्न करके लाना नहीं पड़ता था, बल्कि अपने आप ही एकाएक वैसा हो जाया करता था। वह एक आश्चर्यजनक घटना होती थी। उन्हें देखकर ही तो यह सब ठीक-ठीक समझ सका था।

□

भावनाएँ और ध्यान

स्वामीजी—"प्रतिदिन अकेले ध्यान करना, सब रहस्य स्वयं ही खुल जाएगा। भावप्रवणता को ध्यान के समय एकदम दबा देना। वही बड़ा भय है। जो लोग अधिक भावप्रवण हैं, उनकी कुंडलिनी फड़फड़ाती हुई ऊपर तो उठ जाती है, परंतु वह जितने शीघ्र ऊपर जाती है, उतने ही शीघ्र नीचे भी उतर जाती है। जब उतरती है तो साधक को एकदम गर्त में ले जाकर छोड़ती है। भाव-साधना के सहायक कीर्तन आदि में यही एक बड़ा दोष है। नाच-कूदकर सामयिक उत्तेजना से उस शक्ति की ऊर्ध्वगति अवश्य हो जाती है, परंतु वह स्थायी नहीं होती। निम्नगामी होते समय जीव में प्रबल काम-प्रवृत्ति की वृद्धि होती है। अमेरिका का मेरा भाषण सुनकर सामयिक उत्तेजना से स्त्री-पुरुषों में अनेक का यही भाव हुआ करता था। कोई-कोई तो जड़ की तरह बन जाते थे। मैंने पीछे पता लगाया था, उस स्थिति के बाद ही कई लोगों में काम-प्रवृत्ति की अधिकता होती थी। स्थिर ध्यान-धारणा का अभ्यास न होने के कारण ही वैसा होता है।"

शिष्य—"महाराज, ये सब गुप्त साधन-रहस्य किसी शास्त्र में मैंने नहीं पढ़े। आज नई बात सुनी।"

स्वामीजी—"सभी साधन-रहस्य क्या शास्त्र में हैं! वे सब गुप्तभाव से गुरु-शिष्य परंपरागत चले आ रहे हैं। एक दिन भी क्रम न तोड़ना। काम-काज का झंझट रहे तो कम-से-कम पंद्रह मिनट तो अवश्य ही कर लेना। एकनिष्ठ न रहने से कुछ नहीं होता।"

अपने जीवन का अनुसंधान करो

मन का संयम करो, इंद्रियों का निरोध करो, तभी तुम योगी हो पाओगे; तभी शेष सबकुछ प्राप्त हो पाएगा। सुनना, देखना, सूँघना और स्वाद लेना अस्वीकार कर दो; बहिरिंद्रियों से मनःशक्ति को खींच लो। जब तुम्हारा मन किसी विषय में मग्न रहता है, तब तुम अचेतन रूप से यह क्रिया सर्वदा करते ही रहते हो, अतएव चेतन रूप से भी तुम इसका अभ्यास कर सकते हो। मन अपनी इच्छा के अनुसार कहीं भी इंद्रियों का प्रयोग कर सकता। इस मूल कुसंस्कार को बिल्कुल निकाल दो कि हम देह की सहायता से ही काम करने के लिए विवश हैं। हम विवश नहीं हैं। अपने कमरे में जाकर बैठो और अपनी अंतरात्मा के भीतर से उपनिषदों को प्राप्त करो। तुम भूत-भविष्यत् सभी ग्रंथों में श्रेष्ठ ग्रंथ हो और जो कुछ है, उस सब के आलय हो। जब तक उस अंतर्यामी गुरु का प्रकाश नहीं होता, तब तक बाहर के सभी उपदेश व्यर्थ हैं।

मन का संयम करो, इंद्रियों का निरोध करो, तभी तुम योगी हो पाओगे; तभी शेष सबकुछ प्राप्त हो पाएगा। सुनना, देखना, सूँघना और स्वाद लेना अस्वीकार कर दो; बहिरिंद्रियों से मनःशक्ति को खींच लो। जब तुम्हारा मन किसी विषय में मग्न रहता है, तब तुम अचेतन रूप से यह क्रिया सर्वदा करते ही रहते हो, अतएव चेतन रूप से भी तुम इसका अभ्यास कर सकते हो।

जब तक हमारा हृदय रूपी शास्त्र नहीं खुला है, तब तक शास्त्र-पाठ वृथा है। फिर इन सब शास्त्रों का हमारे हृदय-शास्त्र के साथ जहाँ तक सामंजस्य है, वहीं तक उनकी सार्थकता है। बल क्या है, यह बलवान व्यक्ति ही समझ सकता है। हाथी ही सिंह को समझ सकता है, चूहा नहीं।

हम जब तक ईसा के समान नहीं हुए हैं, तब तक उन्हें किस प्रकार समझ सकेंगे? महत्ता ही केवल महत्ता का आदर कर सकती है, ईश्वर ही ईश्वर की उपलब्धि कर सकता है।

हम ही लोग जीवंत शास्त्र हैं। हम जो बातें करते हैं, वे ही सब 'शास्त्र' शब्द से परिचित हैं। सभी जीवंत ईश्वर, जीवंत ईसा हैं। इस भाव से सबको देखो। मनुष्य का अध्ययन करो, मनुष्य ही जीवंत काव्य है। जगत् में जितने बाइबिल, ईसा या बुद्ध हुए हैं, सभी हमारी ज्योति से ज्योतिष्मान हैं। इस ज्योति को छोड़ देने पर ये सब हमारे लिए और अधिक जीवित नहीं रह सकेंगे, मर जाएँगे।

हम ही लोग जीवंत शास्त्र हैं। हम जो बातें करते हैं, वे ही सब 'शास्त्र' शब्द से परिचित हैं। सभी जीवंत ईश्वर, जीवंत ईसा हैं। इस भाव से सबको देखो। मनुष्य का अध्ययन करो, मनुष्य ही जीवंत काव्य है। जगत् में जितने बाइबिल, ईसा या बुद्ध हुए हैं, सभी हमारी ज्योति से ज्योतिष्मान हैं। इस ज्योति को छोड़ देने पर ये सब हमारे लिए और अधिक जीवित नहीं रह सकेंगे, मर जाएँगे।

योग के आठ अंग

राजयोग का नाम अष्टांग योग है, क्योंकि इसको प्रधानत: आठ भागों में विभक्त किया गया है। वे हैं—

प्रथम—यम। यह सर्वाधिक महत्त्वपूर्ण है और सारा जीवन इसके द्वारा शासित होना चाहिए। इसके पाँच विभाग हैं—

- मन, कर्म, वचन से हिंसा न करना।
- मन, कर्म, वचन से लोभ न करना।
- मन, कर्म और वचन की पवित्रता।
- मन, कर्म और वचन की पूर्ण सत्यता।
- अपरिग्रह—किसी से कोई दान न लेना ।

द्वितीय—नियम। शरीर की देखभाल, नित्य स्नान, परिमित आहार इत्यादि।

तृतीय—आसन। मेरुदंड के ऊपर जोर न देकर कमर, गरदन और सिर सीधा रखना।

चतुर्थ—प्राणायाम। प्राणवायु अथवा जीवन-शक्ति को वशीभूत करने के लिए श्वास-प्रश्वास का संयमन।

पंचम—प्रत्याहार। मन को अंतर्मुखी करना तथा उसे बहिर्मुखी होने से रोकना, जड़-तत्त्व को समझने के लिए उसे मन में लगातार सोचना, अर्थात् उस पर बार-बार विचार करना।

षष्ठ—धारणा। एक विषय पर ध्यान केंद्रित करना।

सप्तम—ध्यान। किसी विशेष विषय पर चित्त को एकाग्र करना।

अष्टम—समाधि। ज्ञानालोक, हमारी समस्त साधना का लक्ष्य।

राजयोग द्वारा ईश्वर को प्राप्त करने की इच्छा रखनेवाले व्यक्ति को मानसिक, शारीरिक, नैतिक और आध्यात्मिक दृष्टि से सबल होना आवश्यक है। अपना प्रत्येक कदम इन बातों को ध्यान में रखकर ही बढ़ाओ।

दहलीज पर

इस पाठ का उद्‌देश्य व्यक्तित्व का विकास है। प्रत्येक व्यक्तित्व का विकास आवश्यक है। सभी एक केंद्र में मिल जाएँगे। 'कल्पना प्रेरणा का द्वार और समस्त विचार का आधार है।' सभी पैगंबर, कवि और अन्वेषक महती कल्पनाशक्ति से संपन्न थे। प्रकृति की व्याख्या हमारे भीतर है। पत्थर बाहर गिरता है, लेकिन गुरुत्वाकर्षण हमारे भीतर है, बाहर नहीं। जो अति आहार करते हैं, जो उपवास करते हैं, जो अत्यधिक सोते हैं, जो अत्यल्प सोते हैं, वे योगी नहीं हो सकते। अज्ञान, चंचलता, ईर्ष्या, आलस्य और अतिशय आसक्ति योगसिद्धि के महान् शत्रु हैं। योगी के लिए तीन बड़ी आवश्यकताएँ हैं—

प्रथम—शारीरिक और मानसिक पवित्रता।

प्रत्येक प्रकार की मलिनता तथा मन को पतन की ओर ढकेलनेवाली सभी बातों का परित्याग आवश्यक है।

द्वितीय—धैर्य।

प्रारंभ में आश्चर्यजनक दृश्य प्रकट होंगे, पर बाद में सब अंतर्हित हो जाएँगे। यह सबसे कठिन समय है, पर दृढ़ रहो। यदि धैर्य रखोगे, तो अंत में सिद्धि सुनिश्चित है।

तृतीय—लगन।

सुख-दुःख, स्वास्थ्य-अस्वास्थ्य सभी दशाओं में साधना में एक दिन का भी नागा न करो।

1. मन और उसके आयाम

अंतरिंद्रिय या मन के चार आयाम हैं—

प्रथम—मनस्, अर्थात् मनन अथवा चिंतन-शक्ति। इसको संयत न करने पर प्रायः इसकी समस्त शक्ति नष्ट हो जाती है। उन्नित संयम किए जाने पर यह अद्‌भुत शक्ति बन जाती है।

द्वितीय—बुद्धि, अर्थात् इच्छा-शक्ति इसको बोध-शक्ति भी कहा जाता है।

तृतीय—अहंकार, अर्थात् आत्मचेतन अहंबुद्धि है।

चतुर्थ—चित्त, अर्थात् वह तत्त्व, जिसके आधार और माध्यम से समस्त शक्तियाँ क्रियाशील होती हैं, मानो यह मन का धरातल है अथवा वह समुद्र है, जिसमें समस्त क्रिया-शक्तियाँ तरंगों का रूप धारण किए हुए हैं।

योग वह विज्ञान है, जिसके द्वारा हम चित्त को अनेक क्रिया-शक्तियों का रूप धारण करने अथवा उनमें रूपांतरित होने से रोकते हैं। समुद्र में चंद्रमा का प्रतिबिंब जिस प्रकार तरंगों के कारण अस्पष्ट अथवा विच्छिन्न हो जाता है, उसी प्रकार आत्मा अर्थात् स्वरूप का प्रतिबिंब भी

मन की तरंगों से विच्छिन्न हो जाता है। केवल जब समुद्र दर्पण की भाँति तरंगशून्य होकर शांत हो जाता है, तभी चंद्रमा का प्रतिबिंब दिखाई पड़ता है। उसी प्रकार जब चित्त, अर्थात् मनस् संयम द्वारा संपूर्ण रूप से शांत हो जाता है, तभी स्वरूप का साक्षात्कार होता है।

□

नीरवता में ध्यान

भगवान् को अपने से बाहर प्राप्त करना हमारे लिए असंभव है। बाहर जो ईश्वर-तत्त्व की उपलब्धि होती है, वह हमारी आत्मा का ही प्रकाश मात्र है। हम ही हैं भगवान् का सर्वश्रेष्ठ मंदिर। बाहर जो कुछ उपलब्धि होती है, वह हमारे आभ्यंतरिक ज्ञान का ही अति सामान्य अनुकरण या प्रतिबिंब मात्र है।

हमारे मन की शक्तियों की एकाग्रता ही हमारे लिए ईश्वर-दर्शन का एकमात्र साधन है। यदि तुम एक आत्मा को, अपनी आत्मा को जान सको तो तुम भूत, भविष्यत्, वर्तमान—सभी आत्माओं को जान सकोगे। एकाग्र मन मानो एक प्रदीप है, जिसके द्वारा आत्मा का स्वरूप स्पष्ट रूप से देखा जा सकता है।

सत्य कभी पक्षपात नहीं करता, उससे सभी का कल्याण होगा। अंत में स्थिर भाव और शांत चित्त से उसका निदिध्यासन करो—उसका ध्यान करो, तुम अपने मन को उसके ऊपर एकाग्र करो, इस आत्मा के साथ अपने को एकभावापन्न कर डालो। तब फिर शब्दों का कोई प्रयोजन नहीं रहेगा, तुम्हारा मौन ही सत्य का संचार करेगा। बोलने में शक्ति का ह्रास मत करो, शांत होकर ध्यान करो। बहिर्जगत् की गतिविधि से अपने को विचलित न होने दो। जब तुम्हारा मन सर्वोच्च अवस्था में पहुँचता है, तब उसकी चेतना तुम्हें नहीं रहती। शांत रहकर संचय करो और आध्यात्मिकता के शक्ति केंद्र—डाइनेमो बन जाओ।

मित्र और शत्रु

भगवद्गीता के अनुसार—

उद्धरेदात्मनात्मानं नात्मानमवसादयेत्।
आत्मैव ह्यात्मनो बन्धुरात्मैव रिपुरात्मनः॥

अपने द्वारा अपना उद्धार करें। अपने को अधःपतित न करें; क्योंकि मनुष्य स्वयं ही अपना मित्र है तथा स्वयं ही अपना शत्रु भी।

बन्धुरात्मात्मनस्तस्य येनात्मैवात्मना जितः।
अनात्मनस्तु शत्रुत्वे वर्तेतात्मैव शत्रुवत्॥

जिस आत्मा, अर्थात् जीव द्वारा आत्मा, अर्थात् शरीर-मन जीत लिया गया है, उस आत्मा, अर्थात् जीव की आत्मा मित्र है। किंतु अनात्मा का, अर्थात् जिसके द्वारा आत्मा नहीं जीता गया, उस जीव का आत्मा ही शत्रु की भाँति शत्रुता का व्यवहार करता है।

ध्यान के विभिन्न साधन

कैंप टेलर उत्तरी कैलीफोर्निया में स्वामीजी की प्रथम रात्रि। मैं आँखें बंद करके उन्हें उस मंद अंधकार में देख रही थी, जिसमें से होकर लकड़ी के धधकते लट्ठे से उठती चिनगारियाँ उड़ रही थीं तथा ऊपर प्रतिपदा का चाँद था। वे लंबे व्याख्यान-काल के कारण क्लांत, परंतु वहाँ आने के कारण आराम में थे।

उन्होंने कहा, "हम जिस प्रकार वन में अपना जीवन प्रारंभ करते हैं, वैसे ही वहीं पर इसकी परिसमाप्ति करते हैं, परंतु इन दो अवस्थाओं में बहुत से अनुभव के साथ।" बाद में छोटे से वार्त्तालाप के बाद जब प्रतिदिन की तरह हम ध्यान में बैठने ही वाले थे कि उन्होंने कहा, "तुम लोग अपनी रुचि के अनुसार किसी भी ध्येय विषय पर ध्यान लगा सकते हो, परंतु मैं तो सिंह के हृदय पर ध्यान लगाऊँगा। यह शक्तिदायी है।" इसके बाद ध्यान से जो आनंद, शक्ति तथा शांति मिली वह अवर्णनीय है।

ईश्वर क्यों ?

मुझसे अनेक बार पूछा गया है कि आप क्यों इस पुराने 'ईश्वर' शब्द का व्यवहार करते हैं ? तो इसका उत्तर यह है कि हमारे उद्‌देश्य के लिए यही सर्वोत्तम है। इससे अच्छा और कोई शब्द नहीं मिल सकता, क्योंकि मनुष्य की सारी आशाएँ और सुख इसी एक शब्द में केंद्रित है। अब इस शब्द को बदलना असंभव है। इस प्रकार के शब्द पहले-पहल बड़े-बड़े साधु-महात्माओं द्वारा गढ़े गए थे और वे इन शब्दों का तात्पर्य अच्छी तरह समझते थे। धीरे-धीरे सब समाज में उन शब्दों का प्रचार होने लगा, तब अज्ञ लोग भी उन शब्दों का व्यवहार करने लगे। इसका परिणाम यह हुआ कि शब्दों की महिमा घटने लगी।

स्मरणातीत काल से 'ईश्वर' शब्द का व्यवहार होता आया है। ब्रह्मांडीय प्रज्ञा का भाव तथा जो कुछ महान् और पवित्र है, सब इसी शब्द में निहित है। यदि कोई मूर्ख इस शब्द का व्यवहार करने में आपत्ति करता हो, तो क्या इसीलिए हमें इस शब्द को त्याग देना होगा ?

मुझसे अनेक बार पूछा गया है कि आप क्यों इस पुराने 'ईश्वर' शब्द का व्यवहार करते हैं ? तो इसका उत्तर यह है कि हमारे उद्‌देश्य के लिए यही सर्वोत्तम है। इससे अच्छा और कोई शब्द नहीं मिल सकता, क्योंकि मनुष्य की सारी आशाएँ और सुख इसी एक शब्द में केंद्रित है।

एक दूसरा व्यक्ति भी आकर कह सकता है—'मेरे इस शब्द को लो।' एक अन्य व्यक्ति भी आकर कह सकता है—'मेरे इस शब्द को लो।' अतः ऐसे व्यर्थ शब्दों का कोई अंत न होगा। इसीलिए मैं कहता हूँ कि उस पुराने शब्द का ही व्यवहार करो तथा मन से अंधविश्वासों को दूर कर, इस महान् प्राचीन शब्द के अर्थ को ठीक तरह से समझकर उसका और भी उत्तम रूप से व्यवहार करो।

वेदांत का ईश्वर क्या है ?

वह व्यक्ति नहीं, विचार है, तत्त्व है। तुम और हम सब सगुण ईश्वर हैं। विश्व का परात्पर ईश्वर, विश्व का स्रष्टा, विधाता और संहर्ता परमेश्वर निर्विशेष तत्त्व है। तुम-हम, चूहे-बिल्ली, भूत-प्रेत आदि सभी उसके रूप हैं, सभी सगुण ईश्वर हैं। तुम्हारी इच्छा है सगुण ईश्वर की उपासना करने की। वह तो अपनी आत्मा की ही उपासना है। यदि तुम मेरी राय मानो तो किसी भी गिरजाघर में कदम न रखो। बाहर निकलो, जाओ और अपने को प्रक्षालित कर डालो। जब तक कि युग-युग के चिपके-जमे तुम्हारे अंधविश्वास बह न जाएँ, तब तक अपने को बारंबार प्रक्षालित करते रहो।

मुझसे प्राय: पूछा गया है कि मैं इतना अधिक हँसता और व्यंग्य-विनोद क्यों करता हूँ ? जब कभी पेटदर्द करने लगता है, तो कभी-कभी गंभीर हो जाता हूँ। ईश्वर केवल आनंदपूर्ण है। सभी अस्तित्व के मूल में एकमात्र वही है, निखिल विश्व का वही शिव है, सत्य है। तुम उसी के अवतार मात्र हो, यही गौरव की बात है। उसके जितने निकट तुम होओगे, तुम्हें उतना ही कम चीखना-चिल्लाना पड़ेगा। उससे जितनी दूर हम होते हैं, उतना ही अधिक हमें अवसाद झेलना पड़ता है। जितना अधिक उसे जानते हैं, उतना ही संकट मिटता जाता है।

लेकिन ईश्वर तो अनंत है, निर्वैयक्तिक है—सच्चिदानंद है, सर्वदा विद्यमान है, निर्विकार है, अमर है, अभय है, और तुम सब उसके अवतार हो, मूर्त रूप हो। वेदांत का ईश्वर यही है, जिसका स्वर्ग सर्वत्र है।

□

लक्ष्य और उसकी प्राप्ति के उपाय

जिस प्रकार हर एक विज्ञानशास्त्र के अपने अलग-अलग तरीके होते हैं, उसी प्रकार प्रत्येक धर्म में भी है। धर्म के चरम लक्ष्य की प्राप्ति के तरीकों या साधनों को हम 'योग' कहते हैं। धर्म के ध्येय की प्राप्ति के उपायों को हम 'योग' कहते हैं तथा योग के विभिन्न प्रकार, जो हम सिखाते हैं, वे मनुष्यों के विभिन्न स्वभावों तथा चित्तप्रवृत्तियों के अनुकूलित होते हैं। उनके निम्नलिखित चार विभाग हैं—

- कर्मयोग—इसके अनुसार मनुष्य कर्म और कर्तव्य द्वारा अपने ईश्वरीय स्वरूप की अनुभूति कर सकता है।
- भक्तियोग—इसके अनुसार अपने ईश्वरीय स्वरूप की अनुभूति सगुण ईश्वर के प्रति भक्ति और प्रेम द्वारा होती है।
- राजयोग—इसके अनुसार मनुष्य अपने ईश्वरीय स्वरूप की अनुभूति मनः संयम द्वारा करता है।
- ज्ञानयोग—इसके अनुसार अपने ईश्वरीय स्वरूप की अनुभूति ज्ञान द्वारा होती है।

ये सब एक ही केंद्र—भगवान् की ओर ले जानेवाले विभिन मार्ग हैं।

भगवान् से ज्ञान के प्रकाश के लिए प्रार्थना

"मैं उस सत्ता की महिमा का चिंतन करता हूँ, जिसने विश्व की रचना की है। वह मेरे मन को प्रबुद्ध करे।"

बैठो और दस-पंद्रह मिनट इस भाव का ध्यान करो।

अपनी अनुभूतियों को अपने गुरु के अतिरिक्त और किसी को न बताओ। यथा संभवतः कम-से-कम बात करो।

अपना चिंतन सद्गुणों पर लगाओ। हम जैसा सोचते हैं, वैसे ही बन जाते हैं।

पवित्र चिंतन हमें अपनी समस्त मानसिक मलिनताओं को भस्म करने में सहायता देता है।

विसम्मोहन

सभी धर्मों ने ध्यान पर जोर दिया है। योगियों का कहना है कि ध्यानस्थ अवस्था मन की उच्चतम संभव अवस्था है। जब मन किसी बाह्य वस्तु का अध्ययन करता है, तब वह उससे अपना तादात्म्य स्थापित कर लेता है और स्वयं लुप्त हो जाता है। प्राचीन भारतीय दार्शनिकों द्वारा दी गई उपमा का प्रयोग करें, तो मनुष्य की आत्मा स्फटिक के एक खंड के समान है, जो अपने निकट की वस्तु का रंग ग्रहण कर लेता है। आत्मा जिस वस्तु का स्पर्श करती है, उसी का रंग उसे लेना पड़ता है। यही कठिनाई है। वह बंधन बन जाता है। रंग इतना प्रबल है कि स्फटिक अपने को भूल जाता है और उसी रंग से अपना तादात्म्य स्थापित कर लेता है। मान लो कि स्फटिक के निकट एक लाल फूल हैं और स्फटिक वह लाल रंग ग्रहण कर लेता है तथा अपने को भूल जाता है एवं समझता है कि वह लाल है। हम लोगों ने शरीर का रंग ग्रहण कर लिया है और भूल गए हैं कि हम क्या हैं ? बाद में जो कठिनाइयाँ आती हैं,

सभी धर्मों ने ध्यान पर जोर दिया है। योगियों का कहना है कि ध्यानस्थ अवस्था मन की उच्चतम संभव अवस्था है। जब मन किसी बाह्य वस्तु का अध्ययन करता है, तब वह उससे अपना तादात्म्य स्थापित कर लेता है और स्वयं लुप्त हो जाता है।

वे सब केवल एक निर्जीव शरीरजन्य हैं। हमारे समस्त भय, परेशानियाँ, चिंताएँ, कष्ट, भूलें, दुर्बलताएँ, बुराइयाँ मात्र एक इस भारी भूल के कारण हैं कि हम शरीर हैं।

ध्यान का अभ्यास नियमित रूप से किया जाता है। स्फटिक जान जाता है कि वह क्या है और वह अपने रंग में आ जाता है। अन्य किसी वस्तु की अपेक्षा ध्यान हमें सत्य के अधिक समीप लाता है।

इस समय और अभी

स्वर्ग में जाकर एक वीणा पाऊँगा और उसे बजाकर यथासमय विश्रामसुख का अनुभव करूँगा, इस बात की अपेक्षा मत करो। इसी जगह एक वीणा लेकर क्यों न बजाना आरंभ कर दो? स्वर्ग के लिए राह देखने की क्या आवश्यकता है? इस लोक को ही स्वर्ग बना लो।

स्वर्ग में जाकर एक वीणा पाऊँगा और उसे बजाकर यथासमय विश्रामसुख का अनुभव करूँगा, इस बात की अपेक्षा मत करो। इसी जगह एक वीणा लेकर क्यों न बजाना आरंभ कर दो? स्वर्ग के लिए राह देखने की क्या आवश्यकता है? इस लोक को ही स्वर्ग बना लो।

यदि हम भी ईश्वर को नहीं देख सकते तो कैसे जान सकेंगे कि मूसा ने ईश्वर का दर्शन किया था? यदि ईश्वर कभी किसी के समीप आए हैं, तो हमारे समीप भी आएँगे। मैं एकदम उनके पास जाऊँगा, वे मुझसे बातचीत करेंगे। विश्वास को आधाररूप में मैं ग्रहण नहीं कर सकता, यह नास्तिकता और घोर ईश्वरनिंदा मात्र है। यदि ईश्वर ने दो हजार वर्ष पहले अरब की मरुभूमि में किसी व्यक्ति के साथ वार्त्तालाप किया है, तो वे आज मेरे साथ भी वार्त्तालाप कर सकते हैं। यदि वे नहीं कर सकते तो हम क्यों न कहें कि वे मर गए हैं? जैसे भी हो ईश्वर के निकट आओ, आना ही चाहिए। किंतु आते समय किसी को ढकेलना मत।

एक भारतीय लोरी

एक हिंदू रानी थी। उसकी बड़ी तीव्र इच्छा थी कि उसके पुत्र इसी जन्म में मुक्ति-लाभ कर लें। इसी उद्द्देश्य से उसने उन पुत्रों के लालन-पालन का संपूर्ण भार अपने ऊपर ही ले लिया। वह उनको सुलाने के समय झुलाते-झुलाते उनके समीप यह गाना गाती थी—'तत्त्वमसि, तत्त्वमसि'।

एक हिंदू रानी थी। उसकी बड़ी तीव्र इच्छा थी कि उसके पुत्र इसी जन्म में मुक्ति-लाभ कर लें। इसी उद्द्देश्य से उसने उन पुत्रों के लालन-पालन का संपूर्ण भार अपने ऊपर ही ले लिया। वह उनको सुलाने के समय झुलाते-झुलाते उनके समीप यह गाना गाती थी—'तत्त्वमसि, तत्त्वमसि'।

उनके तीन पुत्र संन्यासी हो गए, किंतु चतुर्थ पुत्र का, उसे राजा बनाने के उद्द्देश्य से, अन्यत्र पालन-पोषण हुआ। विदा देते समय माँ ने उसे कागज का एक टुकड़ा देकर कहा, "बड़े होने पर पढ़ना, इसमें क्या लिखा है।" उस कागज के टुकड़े में लिखा था—"ब्रह्म सत्य और सब मिथ्या। आत्मा न कभी मरती है, न मारती है। निःसंग बनो अथवा सत्संग करो।"

बड़ा होने पर जब राजपुत्र ने इसे पढ़ा तो वह भी उसी समय संसार त्यागकर संन्यासी हो गया।

दो पक्षियों की कहानी

निम्नलिखित उपाख्यान में समग्र वेदांत दर्शन का सार निहित है—

स्वर्ण पंखवाले दो पक्षी एक वृक्ष पर वास करते हैं। ऊपर जो पक्षी बैठा है, वह स्थिर, शांत-भाव से अपनी महिमा में स्वयं विभोर रहता है और जो पक्षी नीचे की डाल पर बैठा है, वह सदा चंचल रहता है तथा वह इस वृक्ष का कभी मीठा फल, कभी कड़ुआ फल खाता है। एक बार उसने एक अत्यंत कटु फल खाया; तब कुछ स्थिर होकर ऊपर बैठे हुए

उस महिमामय पक्षी की ओर उसने देखा। किंतु फिर वह उसे शीघ्र ही भूल गया और पहले के समान ही उस वृक्ष के फल खाने में लग गया। फिर उसने एक कटु फल खाया। इस बार वह फुदक-फुदककर ऊपर की ओर कूदा और ऊपर के पक्षी के कुछ समीप जा पहुँचा।

इस प्रकार अनेक बार हुआ, अंत में नीचे का पक्षी बिल्कुल ऊपर के पक्षी के स्थान पर जा बैठा और अपने को खो बैठा, अर्थात् ऊपरवाले पक्षी के साथ एकरूप हो गया।

अब उसे यह ज्ञान हुआ कि दो पक्षी कभी नहीं थे, वह स्वयमेव सर्वदा शांत, स्थिर-भाव से स्वमहिमा में मग्न ऊपरवाला पक्षी ही था।

कृतज्ञ बनो

यदि तुम्हें कोई गाली दे तो उसके प्रति कृतज्ञ होओ, क्योंकि गाली या अभिशाप क्या है, यही देखने के लिए उसने, मानो तुम्हारे सम्मुख एक दर्पण रखा है और वह तुम्हारे लिए आत्मसंयम का अभ्यास करने का एक अवसर दे रहा है। अतएव उसे आशीर्वाद दो और सुखी बनो। अभ्यास करने का अवसर मिले बिना व्यक्ति का विकास नहीं हो सकता और दर्पण सामने रखे बिना हम अपना मुख नहीं देख सकते।

यदि तुम्हें कोई गाली दे तो उसके प्रति कृतज्ञ होओ, क्योंकि गाली या अभिशाप क्या है, यही देखने के लिए उसने, मानो तुम्हारे सम्मुख एक दर्पण रखा है और वह तुम्हारे लिए आत्मसंयम का अभ्यास करने का एक अवसर दे रहा है। अतएव उसे आशीर्वाद दो और सुखी बनो। अभ्यास करने का अवसर मिले बिना व्यक्ति का विकास नहीं हो सकता और दर्पण सामने रखे बिना हम अपना मुख नहीं देख सकते।

देवदूत कभी कोई बुरे कार्य नहीं करते, इसलिए उन्हें कभी दंड भी प्राप्त नहीं होता, अतएव वे मुक्त भी नहीं हो सकते। सांसारिक धक्का

ही हमें जगा देता है, वही इस जगत्-स्वप्न को भंग करने में सहायता पहुँचाता है। इस प्रकार के लगातार आघात ही इस जगत् की असंपूर्णता के परिचायक हैं, वे ही इस संसार से छुटकारा पाने की अर्थात् मुक्ति-लाभ करने की हमारी आकांक्षा को जाग्रत् करते हैं।

□

निर्जनता से समाज की ओर ज्ञानप्रवाह

स्वामीजी—"श्रीशंकर इस अद्वैतवाद को जंगलों और पहाड़ों में रख गए हैं। मैं अब उसे वहाँ से लाकर संसार और समाज में प्रसारित करने के लिए आया हूँ। घर-घर में, घाट-मैदान में, जंगल-पहाड़ों में इस अद्वैतवाद का गंभीर नाद उठाना होगा। तुम लोग मेरे सहायक बनकर काम में लग जाओ।"

शिष्य—"महाराज, ध्यान की सहायता से उस भाव का अनुभव करने में ही मानो मुझे अच्छा लगता है। इसे कर्म में अभिव्यक्त करने की इच्छा नहीं होती।"

स्वामीजी—"यह तो नशा करके बेहोश पड़े रहने की तरह हुआ, केवल ऐसे रहकर क्या होगा? अद्वैतवाद की प्रेरणा से कभी तांडव नृत्य कर, तो कभी स्थिर होकर रह। अच्छी चीज पाने पर क्या उसे अकेले खाकर ही सुख होता है? दस आदमियों को देकर खाना चाहिए। आत्मानुभूति प्राप्त करके यदि तू मुक्त हो गया तो इससे दुनिया को क्या लाभ होगा? शरीर-त्याग से पहले त्रिजगत् को मुक्त करना होगा, तभी नित्य-सत्य में प्रतिष्ठित होगा। उस आनंद की क्या कोई तुलना है?"

विज्ञातारमरे केन विजानीयात्?

शिष्य—"यदि मैं ब्रह्म ही हूँ तो सर्वदा इस विषय की अनुभूति क्यों नहीं होती?"

स्वामीजी—"यदि 'मैं-तुम' के द्वैतमूलक चेतन स्तर पर इस बात का अनुभव करना हो तो एक करण की आवश्यकता है। मन ही हमारा वह करण है, परंतु मन तो जड़ है। उसके पीछे जो आत्मा है, उसकी प्रभा से मन चैतन्यवत् केवल प्रतीत होता है। अतः यह निश्चित है कि मन द्वारा शुद्ध चैतन्यस्वरूप आत्मा को नहीं जान सकते। मन के परे पहुँचना है, तो इसका निचोड़ यह है कि द्वैतमूलक चेतन के ऊपर ऐसी एक अवस्था है, जहाँ कर्ता, कर्म, करणादि में कोई द्वैत-भाव नहीं है। मन के निरोध होने से वह प्रत्यक्ष होती है। इस अवस्था को प्रकाशित करने के लिए कोई भाषा नहीं।"

उच्चतर से उच्चतर संघातों से युक्त क्रम विकास की प्रक्रियाएँ आत्मा में नहीं हैं; वे जो कुछ हैं, पहले से ही हैं। वे प्रकृति में हैं। किंतु जैसे-जैसे प्रकृति का विकास उत्तरोत्तर उच्चतर से उच्चतर संघातों की ओर अग्रसर होता है, आत्मा की गरिमा अपने को अधिकाधिक व्यक्त करती है।

आगे क्या है?

उच्चतर से उच्चतर संघातों से युक्त क्रम विकास की प्रक्रियाएँ आत्मा में नहीं हैं; वे जो कुछ हैं, पहले से ही हैं। वे प्रकृति में हैं। किंतु जैसे-जैसे प्रकृति का विकास उत्तरोत्तर उच्चतर से उच्चतर संघातों की ओर अग्रसर होता है, आत्मा की गरिमा अपने को अधिकाधिक व्यक्त करती है। कल्पना करो कि यहाँ एक परदा है और परदे के पीछे आश्चर्यजनक दृश्यावली है। परदे में एक छोटा सा छेद है, जिसके द्वारा हम पीछे स्थित दृश्य के एक क्षुद्र अंशमात्र की झलक पा सकते हैं।

कल्पना करो कि वह छेद आकार में बढ़ता जाता है। छेद के आकार में वृद्धि के साथ पीछे स्थित दृश्य दृष्टि के क्षेत्र में अधिकाधिक आता है और जब पूरा परदा विलुप्त हो जाता है, तो तुम्हारे तथा उस दृश्य के

मध्य कुछ भी नहीं रह जाता; तब तुम उसे संपूर्ण देख सकते हो। वह परदा मनुष्य का मन है। उसके पीछे आत्मा की गरिमा, पूर्णता और अनंत शक्ति है। जैसे-जैसे मन उत्तरोत्तर अधिकाधिक निर्मल होता जाता है, आत्मा की गरिमा भी स्वयं को अधिकाधिक व्यक्त करती है।

ऐसा नहीं है कि आत्मा परिवर्तित होती है, वरन् परिवर्तन परदे में होता है। आत्मा अपरिवर्तनशील वस्तु, अमर, शुद्ध, सदा मंगलमय है।

साक्षी बनो

यदि खूनी हाथ तुम्हारी गरदन पकड़ ले, तो कहो, "मैं साक्षी हूँ! मैं साक्षी हूँ!" कहो, "मैं आत्मा हूँ! कोई भी बाह्य वस्तु मुझे स्पर्श नहीं कर सकती।" यदि मन में बुरे विचार उठे, तो बार-बार यही दुहराओ, यह कह-कहकर उनके सिर पर हथौड़े की चोट करो कि "मैं आत्मा हूँ! मैं नित्य, साक्षी, शुभ और कल्याणस्वरूप हूँ! कोई कारण नहीं कि मैं कर्म करूँ, कोई कारण नहीं, जो मैं भुगतूँ, मेरे सब कर्मों का अंत हो चुका है, मैं साक्षीस्वरूप हूँ। मैं अपनी चित्रशाला में हूँ, यह जगत् मेरा अजायबघर है, मैं इन क्रमागत चित्रों को केवल देखता जा रहा हूँ। वे सभी सुंदर हैं—भले हों या बुरे। मैं अद्भुत कौशल देख रहा हूँ; किंतु यह समस्त एक है। उस महान् चित्रकार परमात्मा की अनंत अर्चियाँ!"

कल्पना करो कि वह छेद आकार में बढ़ता जाता है। छेद के आकार में वृद्धि के साथ पीछे स्थित दृश्य दृष्टि के क्षेत्र में अधिकाधिक आता है और जब पूरा परदा विलुप्त हो जाता है, तो तुम्हारे तथा उस दृश्य के मध्य कुछ भी नहीं रह जाता; तब तुम उसे संपूर्ण देख सकते हो। वह परदा मनुष्य का मन है। उसके पीछे आत्मा की गरिमा, पूर्णता और अनंत शक्ति है।

क्या हम ईश्वर को चाहते हैं ?

प्रतिदिन हम अपने आपसे यही प्रश्न करें, 'क्या हमें ईश्वर को प्राप्त करने की लालसा है ?'

जब हम धर्म की बातें करें और खासकर जब हम ऊँचा आसन ग्रहण करके दूसरों को उपदेश देने लगें, तब हमें अपने से यही प्रश्न पूछना चाहिए।

हम ही समस्त जगत् के वे अनंत सत् हैं तथा हमने ही जड़भावापन्न होकर इन क्षुद्र नर-नारियों का रूप धारण किया है। हम किसी व्यक्ति की मधुर बात या किसी अन्य व्यक्ति की क्रोध भरी बात इत्यादि पर कितने निर्भरशील हैं ? कितनी भयानक निर्भरता, कितनी भयानक दासता है!

मैं अनेक बार देखता हूँ कि मुझे ईश्वर की चाह नहीं है; मुझे रोटी की चाह उससे अधिक है। यदि मुझे एक टुकड़ा रोटी न मिले, तो मैं पागल हो जाऊँगा। हीरे की पिन के बिना बहुतेरी महिलाएँ पागल हो जाएँगी। पर उन्हें ईश्वर-प्राप्ति के लिए इसी प्रकार की लालसा नहीं है। विश्व की उस एकमात्र यथार्थ वस्तु का उन्हें ज्ञान नहीं है।

हमारी भाषा में एक कहावत प्रचलित है—'मारै तो हाथी, लूटै तो भंडार।' भिखारियों को लूटकर या चींटियों का शिकार करके क्या लाभ हो सकता है ? अत: यदि प्रेम करना है, तो ईश्वर से प्रेम करो।

आत्मा और उसकी परतंत्रता

हम ही समस्त जगत् के वे अनंत सत् हैं तथा हमने ही जड़भावापन्न होकर इन क्षुद्र नर-नारियों का रूप धारण किया है। हम किसी व्यक्ति की मधुर बात या किसी अन्य व्यक्ति की क्रोध भरी बात इत्यादि पर कितने निर्भरशील हैं ? कितनी भयानक निर्भरता, कितनी भयानक दासता है !

तुम हमारी देह में यदि एक चिमटी काटो तो हमें कष्ट होता है। ज्यों ही कोई मीठी बात करता है, त्यों ही हमें आनंद होने लगता है। हमारी कैसी दुर्दशा है, देखो—हम देह के दास, मन के दास, जगत् के दास, एक अच्छी बात के दास, एक बुरी बात के दास, वासना के दास, सुख के दास, जीवन के दास, मृत्यु के दास। हम सब वस्तुओं के दास हैं। यह दासत्व हटाना होगा, पर कैसे? सर्वदा ही सोचो, 'मैं ब्रह्म हूँ'।

तुम हमारी देह में यदि एक चिमटी काटो तो हमें कष्ट होता है। ज्यों ही कोई मीठी बात करता है, त्यों ही हमें आनंद होने लगता है। हमारी कैसी दुर्दशा है, देखो—हम देह के दास, मन के दास, जगत् के दास, एक अच्छी बात के दास, एक बुरी बात के दास, वासना के दास, सुख के दास, जीवन के दास, मृत्यु के दास। हम सब वस्तुओं के दास हैं। यह दासत्व हटाना होगा, पर कैसे? सर्वदा ही सोचो, 'मैं ब्रह्म हूँ'।

अतएव ज्ञानी का ध्यान किस प्रकार हुआ? ज्ञानी देह-मन विषयक सब प्रकार के विचारों को दूर करना चाहते हैं और वे इस विचार को निकाल बाहर करना चाहते हैं कि हम शरीर हैं। देह को सुंदर रखने का यत्न क्यों है? भ्रम का एक बार फिर भोग करने के लिए, इस दासत्व को जारी रखने के लिए? देह जाए, हम देह नहीं हैं। यही ज्ञानी की साधना-प्रणाली है। भक्त कहते हैं, "प्रभु ने हमें इस जीवन-समुद्र को सहज ही लाँघने के लिए यह देह दी है, अतएव जितने दिनों तक यात्रा शेष नहीं होती, उतने दिनों तक इसकी यत्नपूर्वक रक्षा करनी होगी।"

योगी कहते हैं, "हमें देह का यत्न अवश्य ही करना होगा, जिससे हम धीरे-धीरे साधना-पथ पर आगे बढ़कर अंत में मुक्ति-लाभ कर सकें।"

यह सब तो लीला है

यह सब कौतुक है, सर्वशक्तिमान ईश्वर-लीला करता है। बस, तुम सर्वशक्तिमान ईश्वर-लीला कर रहे हो। यदि तुम पार्श्व अभिनय करना चाहते हो और किसी भिक्षुक की भूमिका अदा करना चाहते हो, तो अपने उस चयन के लिए किसी अन्य को दोष नहीं दे सकते। भिक्षुक बनने में तुमको रस मिल रहा है। तुम अपने वास्तविक स्वभाव को जानते हो कि तुम दिव्य हो। तुम ही तो राजा हो और स्वाँग रचते हो भिखमंगे का। यह सब खिलवाड़ है। इसे जानो और लीला करो। इसका बस यही मर्म है। तब इसे आचरण में लाओ। सारा जगत् विराट् खेल है। सबकुछ अच्छा है, क्योंकि सब लीला है।

जब मैं बालक था, तब मुझसे किसी ने कहा कि भगवान् सबकुछ देखता है। मैं बिस्तरे पर सोया तो ऊपर निहारने लगा और इस आशा में था कि कमरे की छत खुलेगी, पर हुआ कुछ नहीं। हमारे अलावा दूसरा कोई हमें नहीं देख रहा है। अपनी आत्मा के अतिरिक्त और कोई प्रभु नहीं। दुःखी न हो! पश्चात्ताप न करो! जो हो गया, सो हो गया। यदि तुम अपने को जलाओगे तो उसका फल भोगोगे।

जब मैं बालक था, तब मुझसे किसी ने कहा कि भगवान् सबकुछ देखता है। मैं बिस्तरे पर सोया तो ऊपर निहारने लगा और इस आशा में था कि कमरे की छत खुलेगी, पर हुआ कुछ नहीं। हमारे अलावा दूसरा कोई हमें नहीं देख रहा है। अपनी आत्मा के अतिरिक्त और कोई प्रभु नहीं। दुःखी न हो! पश्चात्ताप न करो! जो हो गया, सो हो गया। यदि तुम अपने को जलाओगे तो उसका फल भोगोगे।

समझदार बनो! हम भूल करते हैं, इससे क्या? यह सब तो खिलवाड़ में है। अपने पूर्वकृत पापों पर वे पागल से होकर कराहते हैं, रोते हैं और

क्या-क्या करते हैं। पश्चात्ताप मत करो! काम कर लेने के बाद उसे ध्यान में मत लाओ! बढ़े चलो, रुको मत! पीछे मुड़कर मत देखो! पीछे देखने से क्या लाभ होगा?

जो अपने को मुक्त जानता है, वह मुक्त है। जो अपने को बंधन में समझता है, वह बंधन में है। जीवन का अंत और उद्‌देश्य क्या है? कुछ नहीं, क्योंकि मैं जानता हूँ कि मैं अनंत हूँ। यदि तुम भिक्षुक हो, तो तुम्हारे उद्‌देश्य हो सकते हैं। मेरा कोई उद्‌देश्य नहीं, कोई चाह नहीं, कोई अभिप्राय नहीं। मैं तुम्हारे देश में आता हूँ, व्याख्यान देता हूँ, पर केवल कौतुकवश।

समझदार बनो! हम भूल करते हैं, इससे क्या? यह सब तो खिलवाड़ में है। अपने पूर्वकृत पापों पर वे पागल से होकर कराहते हैं, रोते हैं और क्या-क्या करते हैं। पश्चात्ताप मत करो! काम कर लेने के बाद उसे ध्यान में मत लाओ! बढ़े चलो, रुको मत! पीछे मुड़कर मत देखो! पीछे देखने से क्या लाभ होगा?

जीवन-गीत

भोग में रोगभय, कुलीनता में च्युतिभय,
धनी को है भय निर्दय का।
सम्मान में दैन्यभय, बल में रिपुभय,
रूप में है भय जरा का।।
शास्त्रज्ञ को वादिभय, गुणी को खलभय,
काया को है भय मृत्यु का।
भयपूर्ण है सब इस जग में,
वैराग्य ही एक आधार अभय का।।
बीती ताहि बिसार दे।

अतएव यदि मैं तुम्हें यह उपदेश दूँ कि तुम्हारी प्रकृति असत् है और यह कहूँ कि तुमने कुछ भूलें की हैं, इसलिए अब तुम अपना जीवन केवल

पश्चात्ताप करने तथा रोने-धोने में ही बिताओ, तो इससे तुम्हारा कुछ भी उपकार न होगा, वरन् उससे और भी दुर्बल हो जाओगे। ऐसा करना तुम्हें सत्पथ के बजाय असत्पथ दिखाना होगा।

यदि हजारों साल इस कमरे में अँधेरा रहे और तुम कमरे में आकर 'हाय! बड़ा अँधेरा है! बड़ा अँधेरा है!' कह-कहकर रोते रहो, तो क्या अँधेरा चला जाएगा? कभी नहीं। एक दियासलाई जलाते ही कमरा प्रकाशित हो उठेगा।

यदि हजारों साल इस कमरे में अँधेरा रहे और तुम कमरे में आकर 'हाय! बड़ा अँधेरा है! बड़ा अँधेरा है!' कह-कहकर रोते रहो, तो क्या अँधेरा चला जाएगा? कभी नहीं। एक दियासलाई जलाते ही कमरा प्रकाशित हो उठेगा।

अतएव जीवन भर 'मैंने बहुत दोष किए हैं, मैंने बहुत अन्याय किया है, यह सोचने से क्या तुम्हारा कुछ भी उपकार हो सकेगा?'

हममें बहुत से दोष हैं, यह किसी को बतलाना नहीं पड़ता। ज्ञानाग्नि प्रज्वलित करो, एक क्षण में सब अशुभ चला जाएगा। अपने प्रकृतस्वरूप को पहचानो, प्रकृत 'मैं' को, उसी ज्योतिर्मय उज्ज्वल, नित्यशुद्ध 'मैं' को, प्रकाशित करो, मिलने पर प्रत्येक व्यक्ति में उसी आत्मा को जगाओ।

मंदिरों में ताजमहल : मनुष्य की आत्मा

जीवित ईश्वर तुम लोगों के भीतर रहते हैं, तब भी तुम मंदिर, गिरजाघर आदि बनाते हो और सब प्रकार की काल्पनिक, झूठी चीजों में विश्वास करते हो।

मनुष्य देह में स्थित मानव-आत्मा ही एकमात्र उपास्य ईश्वर है। पशु भी भगवान् के मंदिर हैं, किंतु मनुष्य ही सर्वश्रेष्ठ मंदिर है—ताजमहल जैसा। यदि मैं उसकी उपासना नहीं कर सका, तो अन्य किसी भी मंदिर से कुछ भी उपकार नहीं होगा।

जिस क्षण मैं प्रत्येक मनुष्य-देहरूपी मंदिर में उपविष्ट ईश्वर की उपलब्धि कर सकूँगा, जिस क्षण मैं प्रत्येक मनुष्य के सम्मुख भक्तिभाव से खड़ा हो सकूँगा और वास्तव में उसमें ईश्वर देख सकूँगा। जिस क्षण मेरे अंदर यह भाव आ जाएगा, उसी क्षण मैं संपूर्ण बंधनों से मुक्त हो जाऊँगा, बाँधनेवाले पदार्थ हट जाएँगे और मैं मुक्त हो जाऊँगा।

□

ईश्वर तुम्हारा है

क्या तुम किसी दूसरे के लिए हृदय से अनुभव करते हो? यदि करते हो तो एकत्व के भाव में तुम विकास कर रहे हो। यदि नहीं, तो तुम भूतो न भविष्यति एक बौद्धिक महामानव भले ही हो, तुम कुछ हो नहीं सकोगे, केवल शुष्क बुद्धि हो और वही बने रहोगे। यदि तुम हृदय से अनुभव करते हो, तो एक भी पुस्तक न पढ़ सकने पर, कोई भाषा न जानने पर भी तुम ठीक रास्ते पर चल रहे हो। ईश्वर तुम्हारा है।

क्या विश्व के इतिहास से तुम यह नहीं जानते कि पैगंबरों की शक्ति कहाँ निहित थी? यह कहाँ थी? बुद्धि में? उनमें से क्या कोई दर्शन संबंधी सुंदर पुस्तक लिखकर छोड़ गया है, अथवा न्याय के कूट विचार लेकर कोई पुस्तक लिख गया है? किसी ने ऐसा नहीं किया। वे केवल कुछ थोड़ी सी बातें कह गए हैं। ईसा की भाँति भावना करो, तुम भी ईसा हो जाओगे; बुद्ध के समान भावना करो, तुम भी बुद्ध बन जाओगे। भावना ही जीवन है, भावना ही बल है, भावना ही तेज है और भावना के बिना कितनी ही बुद्धि क्यों न लगाओ, ईश्वर-प्राप्ति नहीं होगी। हृदय द्वारा ही भगवत्साक्षात्कार होता है, बुद्धि द्वारा नहीं।

दोष किसी का नहीं

अपने दोष के लिए तुम किसी को उत्तरदायी न समझो, अपने ही

पैरों पर खड़े होने का प्रयत्न करो, सब कामों के लिए अपने को ही उत्तरदायी समझो।

कहो कि जिन कष्टों को हम अभी झेल रहे हैं, वे हमारे ही किए हुए कर्मों के फल हैं। यदि यह मान लिया जाए तो यह भी प्रमाणित हो जाता है कि उन कर्मों को काटने का कार्य भी केवल मुझे ही करना पड़ेगा। जो कुछ हमने सृष्ट किया है, उसका हम ध्वंस भी कर सकते हैं, पर जो कुछ दूसरों ने किया है, उसका नाश हमसे कभी नहीं हो सकता।

अतएव उठो, साहसी बनो, वीर्यवान होओ। सब उत्तरदायित्व अपने कंधे पर लो और यह याद रखो कि तुम स्वयं अपने भाग्य के निर्माता हो। तुम जो कुछ बल या सहायता चाहो, सब तुम्हारे ही भीतर विद्यमान है। अतएव इस ज्ञानरूपी शक्ति के सहारे तुम बल प्राप्त करो और अपने हाथों अपना भविष्य गढ़ डालो।

तुम सदैव यह बात स्मरण रखो कि तुम्हारा प्रत्येक शब्द, प्रत्येक विचार, प्रत्येक कार्य संचित रहेगा और यह भी याद रखो कि जिस प्रकार तुम्हारे असत्-विचार और असत्-कार्य चीतों की तरह तुम पर कूद पड़ने की ताक में हैं, उसी प्रकार प्रेरणादायी यह आशा भी है कि तुम्हारे सत्-विचार एवं सत्-कार्य भी हजारों देवताओं की शक्ति लेकर सर्वदा तुम्हारी रक्षा के लिए तैयार हैं।

गतस्य शोचना नास्ति : अब तो सारा भविष्य तुम्हारे सामने पड़ा हुआ है

तुम सदैव यह बात स्मरण रखो कि तुम्हारा प्रत्येक शब्द, प्रत्येक विचार, प्रत्येक कार्य संचित रहेगा और यह भी याद रखो कि जिस प्रकार तुम्हारे असत्-विचार और असत्-कार्य चीतों की तरह तुम पर कूद पड़ने

की ताक में हैं, उसी प्रकार प्रेरणादायी यह आशा भी है कि तुम्हारे सत्-विचार एवं सत्-कार्य भी हजारों देवताओं की शक्ति लेकर सर्वदा तुम्हारी रक्षा के लिए तैयार हैं।

यह संसार न अच्छा है, न बुरा

यदि संसार के नर-नारियों का दश लक्षांश भी बिल्कुल चुप रहकर कुछ मिनटों के लिए बैठ जाए और कहे, 'तुम सभी ईश्वर हो, हे मानवो, हे पशुओ, हे सब प्रकार के जीवित प्राणियो, तुम सभी एक जीवंत ईश्वर के व्यक्त रूप हो', तो आधे घंटे के अंदर ही सारे जगत् का परिवर्तन हो जाए। उस समय चारों ओर घृणा के भीषण बमों को चतुर्दिक् न फेंकते हुए, ईर्ष्या और असत् चिंता का प्रवाह न फैलाकर सभी देशों के लोग सोचेंगे कि सभी 'वह' है। जो कुछ तुम देख रहे हो या अनुभव कर रहे हो, वह सब 'वही' है। तुम्हारे भीतर अशुभ न रहने पर तुम अशुभ किस तरह देखोगे? तुम्हारे हृदय के अंतरतम में यदि चोर न हो, तो तुम किस प्रकार चोर देखोगे? तुम स्वयं यदि खूनी नहीं हो, तो किस प्रकार खूनी देखोगे? साधु हो जाओ, तो असाधु-भाव तुम्हारे अंदर से एकदम चला जाएगा। इस प्रकार सारे जगत् का परिवर्तन हो जाएगा।

हमें एक बात और समझनी होगी। हम समस्त बाह्य परिवेश पर विजय प्राप्त नहीं कर सकते। यह असंभव है। छोटी मछली जल में रहनेवाले अपने शत्रुओं से अपनी रक्षा करना चाहती है। वह किस प्रकार यह कार्य करती है? पंख विकसित करके पक्षी बनकर। मछली ने जल अथवा वायु में कोई परिवर्तन नहीं किया, जो कुछ परिवर्तन हुआ, वह उसके अपने ही अंदर हुआ।

हमें एक बात और समझनी होगी। हम समस्त बाह्य परिवेश पर विजय प्राप्त नहीं कर सकते। यह असंभव है। छोटी मछली जल में रहनेवाले

अपने शत्रुओं से अपनी रक्षा करना चाहती है। वह किस प्रकार यह कार्य करती है ? पंख विकसित करके पक्षी बनकर। मछली ने जल अथवा वायु में कोई परिवर्तन नहीं किया, जो कुछ परिवर्तन हुआ, वह उसके अपने ही अंदर हुआ। परिवर्तन सदा अपने ही अंदर स्वनिष्ठ होता है। समस्त क्रम-विकास में तुम सर्वत्र देखते हो कि कर्ता प्राणी में परिवर्तन होने से ही प्रकृति पर विजय प्राप्त होती है। इस तत्त्व का प्रयोग धर्म और नीति में करो तो देखोगे, यहाँ भी अशुभ पर जय अपने भीतर स्वनिष्ठ परिवर्तन द्वारा ही होती है। इसीलिए अद्वैत मत मनुष्य के आत्मपरक पक्ष से ही संपूर्ण शक्ति प्राप्त करता है। अशुभ तथा दु:ख की बात कहना ही भूल है, क्योंकि बहिर्जगत् में इनका कोई अस्तित्व नहीं है।

अतएव मैं यह कहने का साहस कर सकता हूँ कि अद्वैतवाद ही एकमात्र ऐसा धर्म है, जो आधुनिक वैज्ञानिकों के सिद्धांतों के साथ भौतिक एवं आध्यात्मिक दोनों दिशाओं में केवल मेल ही नहीं खाता, वरन् उनसे भी आगे जाता है और इसी कारण वह आधुनिक वैज्ञानिकों को इतना भाता है।

अतएव मैं यह कहने का साहस कर सकता हूँ कि अद्वैतवाद ही एकमात्र ऐसा धर्म है, जो आधुनिक वैज्ञानिकों के सिद्धांतों के साथ भौतिक एवं आध्यात्मिक दोनों दिशाओं में केवल मेल ही नहीं खाता, वरन् उनसे भी आगे जाता है और इसी कारण वह आधुनिक वैज्ञानिकों को इतना भाता है।

एक रूपक कथा

आत्मा के संबंध में एक सुंदर उपमा दी गई है। आत्मा को रथी, शरीर को रथ, बुद्धि को सारथी, मन को लगाम और इंद्रियों को अश्वों की उपमा दी गई है।

जिस रथ के घोड़े अच्छी तरह प्रशिक्षित हैं, जिस रथ की लगाम

मजबूत है और सारथी द्वारा दृढ़ रूप से पकड़ी हुई है, वह रथी विष्णु के उस परम पद को पहुँच सकता है, किंतु जिस रथ के इंद्रियरूपी घोड़े दृढ़ भाव में संयत नहीं हैं तथा मनरूपी लगाम मजबूती से पकड़ी हुई नहीं है, वह रथी अंत में विनाश को प्राप्त होता है।

□

धर्म और नैतिकता

हमारी आत्मा में जब प्रत्यक्षानुभूति आरंभ होगी, तभी धर्म का प्रारंभ होगा, तभी तुम धार्मिक होगे एवं तभी नैतिक जीवन का भी प्रारंभ होगा। इस समय हम पशुओं की अपेक्षा अधिक नीतिपरायण नहीं हैं। हम तो समाज के कोड़ों के भय से दबे हुए हैं। यदि समाज आज कह दे कि चोरी करने से अब दंड नहीं मिलेगा, तो हम इसी समय दूसरे की संपत्ति लूटने को टूट पड़ेंगे। पुलिस ही हमें सच्चरित्र बनाती है। सामाजिक प्रतिष्ठा के लोप की आशंका ही हमें नीतिपरायण बनाती है और वस्तु-स्थिति तो यह है कि हम पशुओं से तनिक ही उन्नत हैं। जब हम अपने हृदय को टटोलेंगे, तभी समझ सकेंगे कि यह बात कितनी सत्य है। अतएव आओ, इस कपट का त्याग करें।

वेदांत की मूल बात यही है—धर्म का साक्षात्कार करो, केवल बातें करने से कुछ नहीं होगा। किंतु साक्षात्कार करना बहुत कठिन है। जो परमाणु के अंदर अति गुह्य रूप से रहता है, वही पुराण-पुरुष प्रत्येक मानव-हृदय के गुह्यतम प्रदेश में निवास करता है। ऋषियों ने आत्मनिरीक्षण की शक्ति के माध्यम से उन्हें महसूस किया।

प्रत्येक वस्तु में ईश्वर को देखो

बचपन से ही सुनता आ रहा हूँ कि सर्वत्र और सभी में ईश्वर देखने पर ही मैं दुनिया का ठीक-ठीक आनंद उठा पाऊँगा। पर ज्यों ही मैं संसार

में लिप्त होकर कुछ मार खाता हूँ, त्यों ही मेरी ईश्वर-बुद्धि लुप्त हो जाती है। मैं मार्ग में सोचता जा रहा हूँ कि सभी मनुष्यों में ईश्वर विराजमान है।

इतने में एक बलवान मनुष्य मुझे धक्का दे जाता है और मैं चारों कोने चित्त हो जाता हूँ। बस, झट मैं उठता हूँ, सिर में खून चढ़ जाता है, मुट्ठियाँ बँध जाती हैं और मैं विचार-शक्ति खो बैठता हूँ। मैं बिल्कुल पागल सा हो जाता हूँ। स्मृति का भ्रंश हो जाता है और बस, मैं उस व्यक्ति में ईश्वर के स्थान पर शैतान को देखने लगता हूँ। जन्म से ही हमें सभी में ईश्वर-दर्शन करने के लिए कहा गया है। सभी धर्म यही सिखाते हैं कि सभी वस्तुओं में, सभी प्राणियों के अंदर, सर्वत्र ईश्वर-दर्शन करो।

पहले-पहल सफलता न भी मिले, पर कोई हानि नहीं, यह असफलता तो बिल्कुल स्वाभाविक है। यह मानव-जीवन का सौंदर्य है। इन असफलताओं के बिना जीवन क्या होता? यदि जीवन में इस असफलता को जय करने की चेष्टा न रहती, तो जीवन धारण करने का कोई प्रयोजन ही न रह जाता। उसके न रहने पर जीवन का कवित्व कहाँ रहता? यह असफलता, यह भूल होने से हर्ज भी क्या? मैंने गाय को कभी झूठ बोलते नहीं सुना, पर वह सदा गाय ही रहती है, मनुष्य कभी नहीं हो जाती। अतएव यदि बार-बार असफल हो जाओ, तो भी क्या? कोई हानि नहीं, सहस्त्र बार इस आदर्श को हृदय में धारण करो और यदि सहस्त्र बार असफल हो जाओ, तो एक बार फिर प्रयत्न करो। सब जीवों में ब्रह्म-दर्शन ही मनुष्य का आदर्श है।

इतने में एक बलवान मनुष्य मुझे धक्का दे जाता है और मैं चारों कोने चित्त हो जाता हूँ। बस, झट मैं उठता हूँ, सिर में खून चढ़ जाता है, मुट्ठियाँ बँध जाती हैं और मैं विचार-शक्ति खो बैठता हूँ। मैं बिल्कुल पागल सा हो जाता हूँ। स्मृति का भ्रंश हो जाता है और बस, मैं उस व्यक्ति में ईश्वर के स्थान पर शैतान को देखने लगता हूँ।

परम लक्ष्य की ओर

जो व्यक्ति सत्य को न जानकर अबोध की भाँति संसार के भोग-विलास में निमग्न हो जाता है, समझ लो कि उसे ठीक मार्ग नहीं मिला, उसका पैर फिसल गया है। दूसरी ओर, जो व्यक्ति संसार को कोसता हुआ वन में चला जाता है, अपने शरीर को कष्ट देता रहता है, धीरे-धीरे अपने को सुखाकर मार डालता है, अपने हृदय को शुष्क मरुभूमि बना डालता है, अपने सभी भावों को कुचल डालता है और कठोर, बीभत्स और रूखा हो जाता है, समझ लो कि वह भी मार्ग भूल गया है। ये दोनों दो छोर की बातें हैं, दोनों ही भ्रम में हैं—एक इस ओर और दूसरा उस ओर। दोनों ही पथभ्रष्ट हैं, दोनों ही लक्ष्यभ्रष्ट हैं।

दुर्भाग्यवश अधिकांश व्यक्ति इस जगत् में बिना किसी आदर्श के ही जीवन के इस अंधकारमय पथ पर भटकते फिरते हैं। जिसका एक निर्दिष्ट आदर्श है, वह यदि एक हजार भूलें करता है, तो यह निश्चित है कि जिसका कोई भी आदर्श नहीं है, वह पचास हजार भूलें करेगा। अतएव एक आदर्श रखना अच्छा है। इस आदर्श के संबंध में जितना हो सके, सुनना होगा और तब तक सुनना होगा, जब तक वह हमारे अंतर में प्रवेश नहीं कर जाता, हमारे मस्तिष्क में पैठ नहीं जाता, जब तक वह हमारे रक्त में प्रवेश कर उसकी एक-एक बूँद में घुल-मिल नहीं जाता, जब तक वह हमारे शरीर के रोम-रोम में व्याप्त नहीं हो जाता। अतएव पहले हमें यह आत्म-तत्त्व सुनना होगा। कहा गया है—'हृदय

दुर्भाग्यवश अधिकांश व्यक्ति इस जगत् में बिना किसी आदर्श के ही जीवन के इस अंधकारमय पथ पर भटकते फिरते हैं। जिसका एक निर्दिष्ट आदर्श है, वह यदि एक हजार भूलें करता है, तो यह निश्चित है कि जिसका कोई भी आदर्श नहीं है, वह पचास हजार भूलें करेगा।

पूर्ण होने पर मुख बोलने लगता है', और हृदय के इस प्रकार पूर्ण होने पर हाथ भी कार्य करने लगते हैं।

हम लोग दुःखी क्यों होते हैं?

हम जो कुछ दुःख-भोग करते हैं, वह वासना से ही उत्पन्न होता है। मान लो, तुम्हें कुछ चाहिए और जब वह पूरा नहीं होता, तो फल होता है—दुःख। यदि इच्छा न रहे तो दुःख भी नहीं होगा। यहाँ भी मुझे गलत समझ लेने की आशंका है, अतः यह स्पष्ट कर देना आवश्यक है कि वासनाओं, इच्छाओं के त्याग तथा समस्त दुःख से मुक्त हो जाने से मेरा आशय क्या है? दीवार में कोई वासना नहीं है, वह कभी दुःख नहीं भोगती। ठीक है, पर वह कभी उन्नति भी तो नहीं करती। इस कुरसी में कोई वासना नहीं है, कोई कष्ट भी उसे नहीं है, परंतु यह कुरसी की कुरसी ही रहेगी। सुख-भोग के भीतर भी एक गरिमा है और दुःख-भोग के भीतर भी।

हम जो कुछ दुःख-भोग करते हैं, वह वासना से ही उत्पन्न होता है। मान लो, तुम्हें कुछ चाहिए और जब वह पूरा नहीं होता, तो फल होता है—दुःख। यदि इच्छा न रहे तो दुःख भी नहीं होगा। यहाँ भी मुझे गलत समझ लेने की आशंका है, अतः यह स्पष्ट कर देना आवश्यक है कि वासनाओं, इच्छाओं के त्याग तथा समस्त दुःख से मुक्त हो जाने से मेरा आशय क्या है?

मैं अपने संबंध में कह सकता हूँ कि मैं प्रसन्न हूँ कि मैंने कुछ अच्छा तथा बहुत सी बुराइयाँ की हैं। मैं प्रसन्न हूँ कि मैंने कुछ अच्छा किया है और इसलिए भी प्रसन्न हूँ कि मैंने अनेक गलतियाँ की हैं, क्योंकि उनमें से प्रत्येक ने मुझे कुछ न कुछ उच्च शिक्षा दी है। मैं इस समय जो कुछ हूँ, वह अपने पूर्व कर्मों और विचारों के फलस्वरूप हूँ।

प्रत्येक कार्य और विचार का एक न एक फल हुआ है और ये फल ही मेरी उन्नति की समष्टि हैं।

यथार्थ समाधान यह है—ऐसी बात नहीं कि तुम धन-संपत्ति न रखो, आवश्यक वस्तुएँ और विलास की सामग्री न रखो। तुम जो-जो आवश्यक समझते हो, सब रखो, यहाँ तक कि उससे अतिरिक्त वस्तुएँ भी रखो। इससे कोई हानि नहीं। पर तुम्हारा प्रथम और प्रधान कर्तव्य है—सत्य को जान लेना, उसकी प्रत्यक्ष अनुभूति कर लेना, यह धन किसी का नहीं है। किसी भी पदार्थ में स्वामित्व का भाव मत रखो। उस प्रभु की ही वस्तुएँ हैं।

वेदांत वास्तव में संसार की भर्त्सना नहीं करता। वेदांत में जिस प्रकार चूड़ांत वैराग्य का उपदेश है, उस प्रकार और कहीं भी नहीं है। पर इस वैराग्य का अर्थ शुष्क आत्महत्या नहीं है। वेदांत में वैराग्य का अर्थ है, जगत् को ब्रह्म-रूप में देखना। जगत् को हम जिस भाव से देखते हैं, उसे हम जैसा जानते हैं, वह जैसा हमारे सम्मुख प्रतिभात होता है, उसका त्याग करना और उसके वास्तविक स्वरूप को पहचानना।

वेदांत का सार तत्त्व

यहाँ मैं आपके समक्ष यही कह सकता हूँ कि वेदांत क्या सिखाना चाहता है? और वह शिक्षा है—विश्व का दैवीकरण। वेदांत वास्तव में संसार की भर्त्सना नहीं करता। वेदांत में जिस प्रकार चूड़ांत वैराग्य का उपदेश है, उस प्रकार और कहीं भी नहीं है। पर इस वैराग्य का अर्थ शुष्क आत्महत्या नहीं है। वेदांत में वैराग्य का अर्थ है, जगत् को ब्रह्म-रूप में देखना। जगत् को हम जिस भाव से देखते हैं, उसे हम जैसा जानते हैं, वह जैसा हमारे सम्मुख प्रतिभात होता है, उसका त्याग करना और उसके वास्तविक स्वरूप को पहचानना। उसे ब्रह्मस्वरूप में देखो। वास्तव में वह ब्रह्म के अतिरिक्त और कुछ भी नहीं है, इसी कारण

प्राचीन उपनिषदों में से एक उपनिषद् में हम देखते हैं—ईशावास्यमिद सर्वं यत्किंच जगत्यां जगत्', अर्थात् जगत् में जो कुछ है, वह सब ईश्वर से आच्छादित कर देना चाहिए।

समस्त जगत् को ईश्वर से आच्छादित कर लेना होगा। यह किसी मिथ्या आशावादिता से नहीं, जगत् के अशुभ और दुःख-कष्ट के प्रति आँखें मीचकर नहीं, वरन् वास्तविक रूप से प्रत्येक वस्तु के भीतर ईश्वर के दर्शन द्वारा करना होगा। इसी प्रकार हमें संसार का त्याग करना होगा और जब संसार का त्याग कर दिया, तो शेष क्या रहा? ईश्वर। इस उपदेश का तात्पर्य क्या है? यही कि तुम्हारी स्त्री भी रहे, उससे कोई हानि नहीं; उसको छोड़कर जाना नहीं होगा, वरन् उसी स्त्री में तुम्हें ईश्वर-दर्शन करना होगा। संतान का त्याग करो, इसका क्या अर्थ है? क्या बाल-बच्चों को लेकर रास्ते में फेंक देना होगा, जैसा कि सभी देशों में कुछ नर-पशु करते हैं? निश्चित ही नहीं। यह धर्म नहीं, निरी पिशाच-बुद्धि है। अपने बच्चों में ईश्वर का दर्शन करो? इसी प्रकार सभी वस्तुओं के संबंध में जानो। जीवन में, मरण में, सुख में, दुःख में, सभी अवस्थाओं में ईश्वर समान रूप से विद्यमान है। केवल आँखें खोलो और उनके दर्शन करो। वेदांत यही कहता है।

वास्तव में यह एक जबरदस्त दावा है। किंतु वेदांत इसी को प्रमाणित करना, इसी की शिक्षा देना और इसी का प्रचार करना चाहता है।

□

'हे सखे, तुम रोते क्यों हो?'

'हे सखे, तुम क्यों रोते हो? तुम्हारे लिए न तो जन्म है, न मरण। क्यों रोते हो? तुम्हें रोग-शोक कुछ भी नहीं है, तुम तो अनंत आकाश के समान हो। उस पर नाना प्रकार के मेघ आते हैं और कुछ देर खेलकर न जाने कहाँ अंतर्हित हो जाते हैं, पर वह आकाश जैसा पहले नीला था, वैसा ही नीला रह जाता है।' इसी प्रकार के ज्ञान का अभ्यास करना होगा।

हम संसार में पाप-ताप क्यों देखते हैं? किसी मार्ग में एक ठूँठ खड़ा था। एक चोर उधर से आ रहा था। उसने कहा, "वह पुलिसवाला है।" अपनी प्रेमिका की बाट जोहनेवाले प्रेमी ने समझा कि वह उसकी प्रेमिका है। जिस बच्चे को भूत की कहानियाँ सुनाई गई थीं, वह उसे भूत समझकर डर के मारे चिल्लाने लगा। इस प्रकार भिन्न-भिन्न व्यक्तियों ने यद्यपि उसे भिन्न-भिन्न रूपों में देखा, तथापि वह एक ठूँठ के अतिरिक्त और कुछ भी न था। हम स्वयं जैसे होते हैं, जगत् को भी वैसा ही देखते हैं।

संसार की बुराई की बात मन में न लाओ, पर रोओ कि जगत् में अब भी तुम बुराई देखने को मजबूर हो, रोओ कि अब भी तुम सर्वत्र पाप देखने को बाध्य हो। और यदि तुम जगत् का उपकार करना चाहते हो तो जगत् पर दोषारोपण करना छोड़ दो। उसे और भी दुर्बल मत करो। आखिर ये सब पाप, दुःख आदि क्या हैं? ये सब दुर्बलता के ही फल हैं। इस प्रकार की शिक्षा से संसार दिन पर दिन दुर्बल होता जा रहा है। लोग बचपन से ही शिक्षा पाते हैं कि वे दुर्बल हैं, पापी हैं। उनको सिखाओ

कि वे सब उसी अमृत की संतान हैं, और तो और, जिसके भीतर आत्मा की अभिव्यक्ति क्षीणतम है, उसे भी यही शिक्षा दो। बचपन से ही उनके मस्तिष्क में इस प्रकार के विचार प्रविष्ट हो जाएँ, जिनसे उनकी यथार्थ सहायता हो सके, जो उनको सबल बना दे, जिनसे उनका कुछ यथार्थ हित हो।

माया का जाल

नारद ने एक दिन श्रीकृष्ण से पूछा, "प्रभो, माया कैसी है, मुझे दिखाइए!" कुछ दिनों बाद श्रीकृष्ण नारद को लेकर एक मरुस्थल की ओर चले। बहुत दूर जाने के बाद श्रीकृष्ण नारद से बोले, "नारद, मुझे बड़ी प्यास लगी है, क्या कहीं से थोड़ा सा जल ला सकते हो ?"

नारद ने एक दिन श्रीकृष्ण से पूछा, "प्रभो, माया कैसी है, मुझे दिखाइए!" कुछ दिनों बाद श्रीकृष्ण नारद को लेकर एक मरुस्थल की ओर चले। बहुत दूर जाने के बाद श्रीकृष्ण नारद से बोले, "नारद, मुझे बड़ी प्यास लगी है, क्या कहीं से थोड़ा सा जल ला सकते हो ?"

नारद बोले, "प्रभो, ठहरिए, मैं अभी जल लिये आया।" यह कहकर नारद चले गए।

कुछ दूरी पर एक गाँव था। नारद वहीं जल की खोज में गए। एक मकान में जाकर उन्होंने दरवाजा खटखटाया। द्वार खुला और एक परम सुंदरी कन्या उनके सम्मुख आकर खड़ी हुई। उसे देखते ही नारद सबकुछ भूल गए। भगवान् मेरी प्रतीक्षा कर रहे होंगे, वे प्यासे होंगे, हो सकता है, प्यास से उनके प्राण भी निकल जाए, ये सारी बातें नारद भूल गए। सबकुछ भूलकर वे उस कन्या के साथ बातचीत करने लगे। उस दिन वे अपने प्रभु के पास लौटे ही नहीं। दूसरे दिन वे फिर से उस लड़की के घर पर उपस्थित हुए और उससे बातचीत करने लगे। धीरे-धीरे बातचीत ने प्रणय का रूप धारण कर लिया। तब नारद

उस कन्या के पिता के पास जाकर उस कन्या के साथ विवाह करने की अनुमति माँगने लगे। विवाह हो गया। नव-दंपती उसी गाँव में रहने लगा। धीरे-धीरे उनके संतानें भी हुईं। इस प्रकार बारह वर्ष बीत गए। इस बीच नारद के ससुर मर गए और वे उनकी संपत्ति के उत्तराधिकारी हो गए। पुत्र-कलत्र, भूमि, पशु, संपत्ति, गृह आदि को लेकर नारद बड़े सुख-चैन से दिन बिताने लगे। कम-से-कम उन्हें तो यही लगने लगा कि वे बड़े सुखी हैं।

इतने में उस देश में बाढ़ आई। रात के समय नदी दोनों कगारों को तोड़कर बहने लगी और सारा गाँव डूब गया। मकान गिरने लगे, मनुष्य एवं पशु बह-बहकर डूबने लगे और नदी की धार में सबकुछ बहने लगा। नारद को भी बचने के लिए भागना पड़ा। एक हाथ से उन्होंने स्त्री को पकड़ा, दूसरे हाथ से दो बच्चों को और एक बालक को कंधे पर बिठाकर वे उस भयंकर बाढ़ को पाँझने लगे।

इतने में उस देश में बाढ़ आई। रात के समय नदी दोनों कगारों को तोड़कर बहने लगी और सारा गाँव डूब गया। मकान गिरने लगे, मनुष्य एवं पशु बह-बहकर डूबने लगे और नदी की धार में सबकुछ बहने लगा। नारद को भी बचने के लिए भागना पड़ा। एक हाथ से उन्होंने स्त्री को पकड़ा, दूसरे हाथ से दो बच्चों को और एक बालक को कंधे पर बिठाकर वे उस भयंकर बाढ़ को पाँझने लगे। कुछ ही दूर जाने के बाद उन्हें पानी का वेग अत्यंत तीव्र प्रतीत होने लगा। कंधे पर बैठा बच्चा गिर पड़ा और बह गया। निराशा और दुःख से नारद आर्तनाद करने लगे। उसकी रक्षा करने के प्रयास में एक और बालक, जिसका हाथ वे पकड़े हुए थे, छूट गया और बह गया। अपनी पत्नी को वे अपने शरीर की सारी शक्ति लगाकर पकड़े हुए थे, अंत में तरंगों के वेग में

पत्नी भी उनके हाथ से छूट गई और स्वयं नारद बड़े कातर स्वर से विलाप करते हुए तट पर जा गिरे।

पीछे की ओर से उन्हें सौम्य वाणी सुनाई दी, "वत्स, जल कहाँ है? तुम जल का घड़ा लेने गए थे न! मैं तुम्हारी प्रतीक्षा में खड़ा हूँ। तुम्हें गए आधा घंटा बीत चुका।"

"आधा घंटा!" नारद चिल्ला पड़े। उनके मन में तो बारह वर्ष बीत चुके थे, पर आध घंटे के भीतर ही ये सब दृश्य उनके मन में से होकर निकल गए। यही माया है।

महान् जीवन ही अन्य जीवन को प्रेरणा देता है

एक मनुष्य तुम्हारे पास आता है। वह खूब पढ़ा-लिखा है। उसकी भाषा भी सुंदर है। वह तुमसे एक घंटा बात करता है, फिर भी वह अपना असर नहीं छोड़ पाता। दूसरा मनुष्य आता है। वह इने-गिने शब्द बोलता है। शायद वे व्याकरणशुद्ध और व्यवस्थित भी नहीं होते, परंतु फिर भी वह खूब असर छोड़ जाता है। यह तो तुममें से बहुतों ने अनुभव किया होगा! इससे स्पष्ट है कि मनुष्य पर जो प्रभाव पड़ता है, वह केवल शब्दों द्वारा ही नहीं होता। शब्द ही नहीं, विचार भी शायद प्रभाव का एक-तृतीयांश ही उत्पन्न करते होंगे, परंतु शेष दो-तृतीयांश प्रभाव तो उसके व्यक्तित्व का ही होता है। जिसे तुम वैयक्तिक आकर्षण कहते हो, वही प्रकट होकर तुमको प्रभावित कर देता है।

एक मनुष्य तुम्हारे पास आता है। वह खूब पढ़ा-लिखा है। उसकी भाषा भी सुंदर है। वह तुमसे एक घंटा बात करता है, फिर भी वह अपना असर नहीं छोड़ पाता। दूसरा मनुष्य आता है। वह इने-गिने शब्द बोलता है। शायद वे व्याकरणशुद्ध और व्यवस्थित भी नहीं होते, परंतु फिर भी वह खूब असर छोड़ जाता है।

यदि मनुष्य जाति के बड़े-बड़े नेताओं की बात ली जाए, तो हमें सदा यही दिखलाई देगा कि उनका व्यक्तित्व ही उनके प्रभाव का कारण था। अब बड़े-बड़े प्राचीन लेखकों और विचारकों को लें। सच पूछो तो मूल विचार उन्होंने हमारे सम्मुख रखे ही कितने हैं ? प्राचीन मार्गदर्शकों ने जो कुछ लिख छोड़ा है, उस पर विचार करो, उनकी लिखी हुई पुस्तकों को देखो और प्रत्येक का मूल्यांकन करो। वास्तविक, नए और स्वतंत्र विचार, जो अभी तक इस संसार में सोचे गए हैं, केवल मुट्ठी भर ही हैं। उन लोगों ने जो विचार हमारे लिए छोड़े हैं, उनको उन्हीं की पुस्तकों में से पढ़ो, तो वे हमें कोई दिग्गज नहीं प्रतीत होते, परंतु फिर भी हम यह जानते हैं कि अपने समय में वे दिग्गज व्यक्ति थे। इसका कारण क्या है ? वे जो बहुत बड़े प्रतीत होते थे, वह केवल उनके सोचे हुए विचारों या उनकी लिखी हुई पुस्तकों के कारण नहीं था और न उनके दिए हुए भाषणों के कारण ही था, वरन् किसी अन्य ही बात के कारण, जो अब निकल गई है और वह है उनका व्यक्तित्व। जैसा मैं पहले कह चुका हूँ, व्यक्तित्व दो-तृतीयांश होता है और शेष एक-तृतीयांश होता है—मनुष्य की बुद्धि और उसके कहे हुए शब्द। यह सच्चा मनुष्यत्व या उसका व्यक्तित्व ही है, जो हम पर प्रभाव डालता है।

□

आध्यात्मिक निर्भीकता

सन् 1857 के स्वतंत्रता-संग्राम की क्रांति के समय एक मुसलमान सिपाही ने एक संन्यासी महात्मा को बुरी तरह घायल कर दिया। हिंदू क्रांतिकारियों ने उस मुसलमान को पकड़ लिया और उसे संन्यासी के पास लाकर कहा, "आप कहें, तो इसका वध कर दें।"

संन्यासी ने उसकी ओर प्रशांतिपूर्वक देखा और कहा, "भाई, तुम्हीं वह हो, तुम्हीं वह हो—तत्त्वमसि।" और यह कहते-कहते उन्होंने शरीर छोड़ दिया।

हे नर-नारियो! उठो, यही भावना करके उठ खड़े होओ! सत्य में विश्वास कर कुछ करने का साहस करो! सत्य के अभ्यास का साहस करो! संसार को सैकड़ों साहसी नर-नारियों की आवश्यकता है। अपने में वह साहस लाओ, जो सत्य को जान सके, जो जीवन में निहित सत्य को दिखा सके, जो मृत्यु से न डरे, प्रत्युत उसका स्वागत करे, जो मनुष्य को यह ज्ञान करा दे कि वह आत्मा है और सारे जगत् में ऐसी कोई भी वस्तु नहीं, जो उसका विनाश कर सके। तब तुम मुक्त हो जाओगे। तब तुम अपनी वास्तविक आत्मा को जान लोगे। 'इस आत्मा के संबंध में पहले श्रवण करना चाहिए, फिर मनन और तत्पश्चात् निदिध्यासन।'

घास-फूस की पूली

भारत में कोल्हू में बैल जोते जाते हैं। तेल निकालने के लिए बैल

किसी ज्योतिषी के बारे में एक प्राचीन कथा है कि एक राजा के यहाँ जाकर उसने कहा, "छह महीने में आपकी मृत्यु हो जाएगी।" राजा डरकर हतबुद्धि हो गया और भयवश वहीं तत्काल प्राय: मरणासन्न हो गया। किंतु उसका मंत्री चतुर व्यक्ति था। उसने राजा से कहा कि ये ज्योतिषी मूर्ख होते हैं। उस पर राजा का विश्वास नहीं जमा। इससे मंत्री को इसके अतिरिक्त अन्य कोई उपाय न सूझा कि वह ज्योतिषी को राजप्रासाद में पुनः बुलाए और राजा को समझाए कि ये ज्योतिषी मूर्ख होते हैं। तब उसने उससे पूछा कि क्या तुम्हारी गणना सही है? ज्योतिषी ने कहा कि कोई गलती नहीं हो सकती। परंतु मंत्री को संतुष्ट करने के लिए उसने पूरी गणना फिर से की और तब कहा कि वह बिल्कुल ठीक है। राजा का चेहरा फीका पड़ गया।

मंत्री ने ज्योतिषी से पूछा, "और आपकी मृत्यु कब होगी, इसके बारे में आप क्या सोचते हैं?"

जवाब मिला, "बारह वर्ष में।" मंत्री ने तलवार खींच ली और ज्योतिषी का सिर धड़ से अलग कर दिया और राजा से कहा, "इस मिथ्यावादी को तो आप देख रहे हैं न! यह इसी क्षण मर गया।"

□

निर्भीकता का उपदेश

ईश्वर तथा मनुष्य में, साधु तथा असाधु में प्रभेद किस कारण होता है? केवल अज्ञान से। बड़े से बड़े मनुष्य तथा तुम्हारे पैर के नीचे रेंगनेवाले कीड़े में प्रभेद क्या है? प्रभेद होता है केवल अज्ञान से; साक्षात् अनंत भगवान् अव्यक्त रूप में है; जरूरत है इसी को व्यक्त करने की। यही आध्यात्मिकता है, यही आत्मविज्ञान है।

बल ही पुण्य है तथा दुर्बलता ही पाप है। उपनिषदों में यदि कोई एक ऐसा शब्द है, जो वज्र-वेग से अज्ञान-राशि के ऊपर पतित होता है और उसे बिल्कुल उड़ा देता है, वह है 'अभीः'—निर्भयता। संसार को यदि किसी एक धर्म की शिक्षा देनी चाहिए तो वह है—निर्भीकता। भय से ही दुःख होता है, यही मृत्यु का कारण है तथा इसी के कारण सारी बुराई होती है। और भय होता क्यों है? आत्मस्वरूप के अज्ञान के कारण।

हताश न होओ, क्योंकि तुम तो सदैव वही हो; तुम कुछ भी करो, पर अपने असली स्वरूप को नहीं बदल सकते और फिर प्रकृति स्वयं ही प्रकृति को नष्ट कैसे कर सकती है? तुम्हारी प्रकृति तो नितांत शुद्ध है। यह चाहे लाखों वर्ष तक क्यों न छिपी-ढकी रहे, परंतु अंततः इसकी विजय होगी तथा यह अपने को अभिव्यक्त करेगी ही। अतएव अद्वैत प्रत्येक व्यक्ति के हृदय में आशा का संचार करता है, न कि निराशा का। वेदांत कभी भय से धर्माचरण करने को नहीं कहता। वेदांत की शिक्षा कभी ऐसे शैतान के बारे में नहीं होती, जो निरंतर इस ताक में रहता है कि

तुम्हारा पदस्खलन हो और वह तुम्हें अपने अधिकार में कर ले। वेदांत में शैतान का उल्लेख ही नहीं है। वेदांत की शिक्षा यही है कि अपने भाग्य के निर्माता हम ही हैं। तुम्हारा यह शरीर तुम्हारे ही कर्मों के अनुसार बना है और किसी ने तुम्हारे लिए वह गठित नहीं किया है। समस्त अच्छाई या बुराई का दायित्व तुम्हारे ही ऊपर है। यही एक बड़ी आशाजनक बात है। जिसे हमने बनाया है, उसको हम बिगाड़ भी सकते हैं।

गुरु की आवश्यकता

संजीवनी-शक्ति की प्राप्ति तो एक आत्मा दूसरी आत्मा से ही कर सकती है, अन्य किसी से नहीं। हम भले ही सारा जीवन पुस्तकों का अध्ययन करते रहें और बड़े बौद्धिक हो जाएँ, पर अंत में हम देखेंगे कि हमारी तनिक भी आध्यात्मिक उन्नति नहीं हुई है। यह बात सत्य नहीं कि उच्च स्तर के बौद्धिक विकास के साथ-साथ मनुष्य के आध्यात्मिक पक्ष की भी उतनी ही उन्नति होगी। पुस्तकों का अध्ययन करते समय हमें कभी-कभी यह भ्रम हो जाता है कि इससे हमें आध्यात्मिक सहायता मिल रही है, पर यदि हम ऐसे अध्ययन से अपने में होनेवाले फल का विश्लेषण करें, तो देखेंगे कि उससे अधिक-से-अधिक हमारी बुद्धि को ही कुछ लाभ होता है, हमारी अंतरात्मा को नहीं। पुस्तकों का अध्ययन हमारे आध्यात्मिक विकास के लिए पर्याप्त नहीं है। यही कारण है कि

वेदांत में शैतान का उल्लेख ही नहीं है। वेदांत की शिक्षा यही है कि अपने भाग्य के निर्माता हम ही हैं। तुम्हारा यह शरीर तुम्हारे ही कर्मों के अनुसार बना है और किसी ने तुम्हारे लिए वह गठित नहीं किया है। समस्त अच्छाई या बुराई का दायित्व तुम्हारे ही ऊपर है। यही एक बड़ी आशाजनक बात है। जिसे हमने बनाया है, उसको हम बिगाड़ भी सकते हैं।

यद्यपि हम लगभग सभी आध्यात्मिक विषयों पर बड़ी पांडित्यपूर्ण बातें कर सकते हैं, पर जब उन बातों को कार्यरूप में परिणत करने का, यथार्थ आध्यात्मिक जीवन बिताने का अवसर आता है, तो हम अपने को सर्वथा अयोग्य पाते हैं। जीवात्मा की शक्ति को जाग्रत् करने के लिए किसी दूसरी आत्मा से ही शक्ति का संचार होना चाहिए।

जिस व्यक्ति की आत्मा से दूसरी आत्मा में शक्ति का संचार होता है, वह 'गुरु' कहलाता है और जिसकी आत्मा में यह शक्ति संचारित होती है, उसे 'शिष्य' कहते हैं।

साधक की योग्यताएँ

सफलताकांक्षी साधक के लिए तीन बातों की आवश्यकता है। पहली है—ऐहिक और पारलौकिक इंद्रिय भोग-वासना का त्याग तथा केवल भगवान् और सत्य को लक्ष्य बनाना। हम यहाँ सत्य की उपलब्धि के लिए हैं, भोग के लिए नहीं। भोग पशुओं के लिए छोड़ दो, जिनको हमारी अपेक्षा उसमें कहीं अधिक आनंद मिलता है। मनुष्य एक विचारशील प्राणी है और मृत्यु पर विजय तथा प्रकाश को प्राप्त कर लेने तक उसे संघर्ष करते ही रहना चाहिए। उसे फिजूल की बातचीत में अपनी शक्ति नष्ट नहीं करनी चाहिए। समाज की पूजा एवं लोकप्रिय जनमत मूर्ति-पूजा ही है। आत्मा का लिंग, देश, स्थान या काल नहीं होता।

पुस्तकों का अध्ययन हमारे आध्यात्मिक विकास के लिए पर्याप्त नहीं है। यही कारण है कि यद्यपि हम लगभग सभी आध्यात्मिक विषयों पर बड़ी पांडित्यपूर्ण बातें कर सकते हैं, पर जब उन बातों को कार्यरूप में परिणत करने का, यथार्थ आध्यात्मिक जीवन बिताने का अवसर आता है, तो हम अपने को सर्वथा अयोग्य पाते हैं।

दूसरी है—सत्य और भगवत्प्राप्ति की तीव्र आकांक्षा। जल में डूबता मनुष्य जैसे वायु के लिए व्याकुल होता है, वैसे ही व्याकुल हो जाओ, केवल ईश्वर को ही चाहो तथा कुछ भी स्वीकार न करो और जो आभासी मात्र है, उससे धोखा न खाओ। सबसे विमुख होकर केवल ईश्वर की खोज करो।

तीसरी बात में छह अभ्यास हैं—

- मन को बहिर्मुख न होने देना।
- इंद्रिय-निग्रह।
- मन को अंतर्मुख बनाना।
- निर्विरोध, सहिष्णुता या पूर्ण तितिक्षा।
- मन को एक भाव में स्थिर रखना। ध्येय को सम्मुख रखो और उसका चिंतन करो। कभी अलग न करो। समय की गणना न करो।
- अपने स्वरूप का सतत चिंतन करो।

अंधविश्वास का परित्याग कर दो। अपनी तुच्छता के विश्वास में अपने को सम्मोहित न करो। जब तक तुम ईश्वर के साथ एकात्मता की अनुभूति, वास्तविक अनुभूति न कर लो, तब तक रात-दिन अपने आपको बताते रहो कि तुम यथार्थत: क्या हो ?

क्या हम स्वर्ग के लिए योग्य हैं ?

कुछ दीन मछुआ स्त्रियों ने भीषण तूफान में फँस जाने पर एक संपन्न व्यक्ति के बगीचे में शरण पाई। उसने उनका दयापूर्वक स्वागत किया, उन्हें भोजन दिया और जिनके सुवास से वायुमंडल परिपूर्ण था, ऐसे पुष्पों से घिरे हुए एक सुंदर ग्रीष्मवास में विश्राम करने के लिए छोड़ दिया। स्त्रियाँ इस सुगंधित स्वर्ग में लेटीं तो, किंतु सो न सकीं। उन्हें अपने आप में कुछ खोया हुआ-सा जान पड़ा और उसके बिना वे चैन न पा सकीं। अंत में एक स्त्री उठी और उस स्थान को गई, जहाँ कि वह अपनी

मछली की टोकरियाँ छोड़ आई थी। वह उन्हें ग्रीष्मावास में ले आई और तब एक बार फिर परिचित वास से सुखी होकर वे सब शीघ्र ही गहरी नींद में सो गईं।

हम जो सोचते हैं, वही हो जाते हैं

विचार बहुत महत्त्वपूर्ण होता है, क्योंकि 'हम जो कुछ सोचते हैं, वही हो जाते हैं।' एक समय एक संन्यासी एक पेड़ के नीचे बैठता था और लोगों को पढ़ाया करता था। वह केवल दूध पीता और फल खाता था तथा असंख्य प्राणायाम किया करता था। फलतः वह अपने को बहुत पवित्र समझता था।

उसी गाँव में एक कुलटा स्त्री रहती थी। प्रतिदिन संन्यासी उसके पास जाता था और उसे चेतावनी देता था कि उसकी दुष्टता उसे नरक में ले जाएगी। बेचारी स्त्री अपने जीवन का ढंग नहीं बदल पाती थी, क्योंकि वही उसकी जीविका का एकमात्र उपाय था, फिर भी वह उस भयंकर भविष्य की कल्पना से सहम जाती थी, जिसे संन्यासी ने उसके समक्ष चित्रित किया था।

उसी गाँव में एक कुलटा स्त्री रहती थी। प्रतिदिन संन्यासी उसके पास जाता था और उसे चेतावनी देता था कि उसकी दुष्टता उसे नरक में ले जाएगी। बेचारी स्त्री अपने जीवन का ढंग नहीं बदल पाती थी, क्योंकि वही उसकी जीविका का एकमात्र उपाय था, फिर भी वह उस भयंकर भविष्य की कल्पना से सहम जाती थी, जिसे संन्यासी ने उसके समक्ष चित्रित किया था। वह रोती थी और प्रभु से प्रार्थना करती थी कि वे उसे क्षमा करें, क्योंकि वह असहाय थी।

कालांतर में कुलटा स्त्री और संन्यासी दोनों ही मरे। स्वर्ग-दूत आए और उसे स्वर्ग ले गए, जबकि संन्यासी की आत्मा को यमदूतों ने पकड़ा। वह चिल्लाया, "ऐसा क्यों? क्या मैंने पवित्रतम जीवन नहीं बिताया है

और प्रत्येक मनुष्य को पवित्र होने की शिक्षा नहीं दी है? मैं नरक में क्यों ले जाया जाऊँ, जबकि यह कुलटा स्त्री स्वर्ग ले जाई जा रही है?"

यमदूतों ने उत्तर दिया, "क्योंकि जब वह अपवित्र कार्य करने को विवश थी, उसका मन सदैव भगवान् में लगा रहता था और वह मुक्ति माँगती थी, जो अब उसे मिली है। किंतु इसके विपरीत तुम यद्यपि पवित्र कार्य ही करते थे, परंतु अपना मन सदैव दूसरों की दुष्टता पर ही रखते थे, तुम केवल पाप देखते थे और केवल पाप का ही विचार करते थे और इसलिए अब तुम्हें उस स्थान को जाना पड़ रहा है, जहाँ केवल पाप-ही-पाप है।

□

आम खाओ, आनंद मनाओ

सारा संसार ही बाइबिल, वेद और कुरान पढ़ता है; पर वे तो केवल शब्द हैं—विन्यास, व्युत्पत्ति, भाषाविज्ञान-धर्म की शुष्क अस्थियाँ मात्र। जो गुरु शब्दाडंबर के चक्कर में पड़ जाते हैं, जिनका मन शब्दों की शक्ति में बह जाता है, वे भीतर का मर्म खो बैठते हैं। शास्त्रों का शब्दजाल एक सघन वन के सदृश है, जिसमें मनुष्य का मन भटक जाता है और वह रास्ता ढूँढ़ने पर भी नहीं पाता।

भगवान् श्रीरामकृष्ण एक कहानी कहा करते थे कि एक बार कुछ आदमी किसी बगीचे में घूमने गए। वे बगीचे में घुसते ही हिसाब लगाने लगे कितने पेड़ आम के हैं, किस पेड़ में कितने आम हैं, एक-एक डाली में कितनी पत्तियाँ हैं, बगीचे की कीमत कितनी हो सकती है, आदि-आदि।

उनमें से एक उनसे अधिक समझदार था, वह इन सब बातों की परवाह न करते हुए आम खाने लगा।

क्या वह बुद्धिमान नहीं था? आम खाओ, तो पेट भी भरे, केवल पत्ते गिनने और यह सब हिसाब लगाने से क्या लाभ?

ये पत्तियाँ और डालें गिनना तथा दूसरों को यह सब बताने का भाव बिल्कुल छोड़ दो। यह बात नहीं कि इन सबकी कोई उपयोगिता नहीं है, पर अध्यात्म के क्षेत्र में नहीं। इन 'पत्तियाँ गिननेवालों' में तुम एक भी आध्यात्मिक महापुरुष नहीं पाओगे।

एकनिष्ठ रहो

भिन्न-भिन्न धर्मों के भिन्न-भिन्न संप्रदाय मनुष्य-जाति के सम्मुख केवल एक-एक आदर्श रखते हैं, परंतु सनातन वेदांत धर्म ने तो भगवान् के मंदिर में प्रवेश करने के लिए अनेकानेक मार्ग खोल दिए हैं और जाति के सम्मुख असंख्य आदर्श उपस्थित कर दिए हैं। इन आदर्शों में से प्रत्येक उस अनंतस्वरूप ईश्वर की एक-एक अभिव्यक्ति है।

फिर भी जब तक पौधा छोटा रहे, जब तक वह बढ़कर एक बड़ा पेड़ न हो जाए, तब तक उसे चारों ओर से रुद्ध रखना आवश्यक है। आध्यात्मिकता का यह छोटा पौधा यदि आरंभिक, अपरिपक्व दशा में ही भावों और आदर्शों से सतत परिवर्तन के लिए खुला रहे, तो वह मर जायगा। बहुत से लोग 'धार्मिक उदारता' के नाम पर अपने आदर्शों को अनवरत बदलते रहते हैं और इस प्रकार अपनी निरर्थक उत्सुकता तृप्त करते रहते हैं। सदा नई बातें सुनने के लिए लालायित रहने से उनके लिए एक बीमारी सी, एक नशा सा हो जाता है। क्षणिक स्नायविक उत्तेजना के लिए ही वे नई-नई बातें सुनना चाहते हैं और जब इस प्रकार की उत्तेजना देनेवाली एक बात का असर उनके मन पर से चला जाता है, तब वे दूसरी बात सुनने को तैयार हो जाते हैं। उनके लिए धर्म एक प्रकार से बौद्धिक अफीम के नशे के समान है और बस, उसका वहीं अंत हो जाता है। साधक के लिए आरंभिक दशा में यह एकनिष्ठा नितांत आवश्यक है।

भिन्न-भिन्न धर्मों के भिन्न-भिन्न संप्रदाय मनुष्य-जाति के सम्मुख केवल एक-एक आदर्श रखते हैं, परंतु सनातन वेदांत धर्म ने तो भगवान् के मंदिर में प्रवेश करने के लिए अनेकानेक मार्ग खोल दिए हैं और जाति के सम्मुख असंख्य आदर्श उपस्थित कर दिए हैं। इन आदर्शों में से प्रत्येक उस अनंतस्वरूप ईश्वर की एक-एक अभिव्यक्ति है।

कार्यशक्ति का रूपांतरण

कामुक कल्पना उतनी ही बुरी है, जितनी कामुक क्रिया। कामेच्छा का दमन करने पर उससे उच्चतम फल लाभ होता है। काम-शक्ति को आध्यात्मिक शक्ति में परिणत करो, किंतु अपने को पुरुषत्वहीन मत बनाओ, क्योंकि उससे शक्ति का क्षय होगा। यह शक्ति जितनी प्रबल होगी, इसके द्वारा उतना ही अधिक कार्य हो सकेगा। प्रबल जलधारा मिलने पर ही उसकी सहायता से खान खोदने का कार्य किया जा सकता है।

प्रबुद्ध कैसे हों ?

वे प्रबुद्ध, वे महान् आत्माएँ, जो समय-समय पर पृथ्वी पर आती रहती हैं, उनमें हमारे प्रति ईश्वरीय दर्शन का उद्‍घाटन करा देने की शक्ति रहती है। वे पहले से मुक्त होती हैं; उन्हें अपनी मुक्ति की चिंता नहीं होती। वे दूसरों की सहायता करना चाहती हैं।

मानव-जाति की आध्यात्मिक प्रगति इन मुक्त आत्माओं पर निर्भर है, जो उन प्रथम दीपों के समान है, जिनसे अन्य दीप जलाए जाते हैं। यह सही है कि प्रकाश सबमें है, पर अधिकतर लोगों में वह छिपा हुआ महात्मा आरंभ से ही देदीप्यमान ज्योति होता है। उसके संपर्क में आनेवाले, मानो उससे अपने दीप जला लेते हैं।

मानव-जाति की आध्यात्मिक प्रगति इन मुक्त आत्माओं पर निर्भर है, जो उन प्रथम दीपों के समान है, जिनसे अन्य दीप जलाए जाते हैं। यह सही है कि प्रकाश सबमें है, पर अधिकतर लोगों में वह छिपा हुआ महात्मा आरंभ से ही देदीप्यमान ज्योति होता है। उसके संपर्क में आनेवाले, मानो उससे अपने दीप जला लेते हैं। इससे प्रथम दीप की कोई हानि नहीं होती, फिर भी वह अपना प्रकाश दूसरे दीपों को पहुँचाता है।

करोड़ों दीप जल जाते हैं, पर प्रथम दीप अमंद ज्योति से जगमगाता रहता है। प्रथम दीप गुरु है और जो दीप उससे जलाया जाता है, वह शिष्य है।

संयम का रहस्य

मन की सारी बहिर्मुखी गति किसी स्वार्थपूर्ण उद्‍देश्य की ओर दौड़ती रहने से छिन्न-भिन्न होकर बिखर जाती है, फिर वह तुम्हारे पास शक्ति लौटाकर नहीं लाती। परंतु यदि उसका संयम किया जाए, तो उससे शक्ति की वृद्धि होती है। इस आत्मसंयम से महान् इच्छा-शक्ति का प्रादुर्भाव होता है। वह बुद्ध या ईसा जैसे चरित्र का निर्माण करता है। मूर्खों को इस रहस्य का पता नहीं रहता, परंतु फिर भी वे मनुष्य-जाति पर शासन करने के इच्छुक रहते हैं।

आदर्श पुरुष तो वह है, जो परम शांति एवं निस्तब्धता के बीच भी तीव्र कर्म का तथा प्रबल कर्मशीलता के बीच भी मरुस्थल की शांति एवं निस्तब्धता का अनुभव करता है। उसने संयम का रहस्य जान लिया है। वह अपने ऊपर विजय प्राप्त कर चुका है।

□

मन : विश्व का असीम पुस्तकालय

ज्ञान मनुष्य में अंतर्निहित है। कोई भी ज्ञान बाहर से नहीं आता, सब अंदर ही है। हम जो कहते हैं कि मनुष्य 'जानता' है, उसे ठीक-ठीक मनोवैज्ञानिक भाषा में व्यक्त करने पर हमें कहना चाहिए कि वह 'आविष्कार करता' या 'प्रकट करता' है। मनुष्य जो कुछ सीखता है, वह वास्तव में 'आविष्कार करना' ही है। आविष्कार का अर्थ है—मनुष्य का अपनी अनंत ज्ञानस्वरूप आत्मा के ऊपर से आवरण को हटा लेना।

हम कहते हैं कि न्यूटन ने गुरुत्वाकर्षण का आविष्कार किया। तो क्या वह आविष्कार कहीं एक कोने में बैठा हुआ न्यूटन की प्रतीक्षा कर रहा था? वह तो उसके मन में ही था। समय आया और उसने उसे ढूँढ़ निकाला। संसार ने जो कुछ ज्ञान-लाभ किया है, वह मन से ही निकला है। विश्व का असीम पुस्तकालय तुम्हारे मन में ही विद्यमान है।

कृपा और स्व-प्रयास

शिष्य—"महाराज, कृपा का क्या कोई नियम है?"

स्वामीजी—"है भी और नहीं भी।"

शिष्य—"यह कैसे?"

स्वामीजी—"जो तन, मन, वचन से सर्वदा पवित्र रहते हैं, जिनकी भक्ति प्रबल है, जो सत्-असत् का विचार करनेवाले हैं और ध्यान तथा धारणा में संलग्न रहते हैं, उन्हीं पर भगवान् की कृपा होती है। श्री गुरुदेव

कभी ऐसा भी कहते थे, 'पूरी तरह उनके ही सहारे रहो, आँधी में उड़ रहे सूखे पत्तल बन जाओ।' कभी कहते थे, 'ईश्वर की कृपा रूपी हवा तो चल ही रही है, तुम अपनी पाल उठा दो।' "

शिष्य—"परंतु कायमनोवाक्य से यदि संयम कर सके तो फिर कृपा की आवश्यकता ही क्या है! तब तो साधक स्वयं अपनी ही चेष्टा से अध्यात्म मार्ग में आत्मोन्नति करने के योग्य हो जाएगा!"

स्वामीजी—"भगवान् उस साधक पर अति प्रसन्न होते हैं, जो प्राणपण से आत्मानुभूति के लिए संघर्ष करता है। उद्यम या प्रयत्न न करके बैठे रहो तो कभी कृपा न होगी।"

शिष्य—"श्री गिरीशचंद्र घोष महाशय ने एक दिन मुझसे कहा था कि कृपा का कोई नियम नहीं है। यदि है तो उसे कृपा नहीं कहा जा सकता। वहाँ पर सभी गैर-कानूनी काररवाइयाँ हो सकती हैं।"

स्वामीजी—"घोष महाशय ने जिस स्थिति की बात कही है, वहाँ पर कोई उच्चतर अज्ञात कानून या नियम अवश्य है। वास्तव में ये शब्द तो उस एकमात्र अंतिम उन्नत अवस्था के लिए हैं, जो देश, काल और निमित्त से परे हैं। परंतु जब हम उस अवस्था में पहुँचते हैं तो वहाँ कौन किस पर कृपालु होगा, जहाँ कार्य-कारण संबंध ही नहीं है। वहाँ पर पूजक-पूज्य, ध्याता-ध्येय, ज्ञाता-ज्ञेय सब एक हो जाते हैं। उसे चाहे कृपा कहो या ब्रह्म, वह तो एक ही, समरस, समरूप सत्ता है।

स्वामीजी—"घोष महाशय ने जिस स्थिति की बात कही है, वहाँ पर कोई उच्चतर अज्ञात कानून या नियम अवश्य है। वास्तव में ये शब्द तो उस एकमात्र अंतिम उन्नत अवस्था के लिए हैं, जो देश, काल और निमित्त से परे हैं। परंतु जब हम उस अवस्था में पहुँचते हैं तो वहाँ कौन किस पर कृपालु होगा, जहाँ कार्य-कारण संबंध ही नहीं है।

ध्येय एक और मार्ग अनेक

प्रत्येक आत्मा अव्यक्त ब्रह्म है।

बाह्य एवं अंत:प्रकृति को वशीभूत करके आत्मा के इस ब्रह्मभाव को व्यक्त करना ही जीवन का चरम लक्ष्य है।

कर्म, उपासना, मन:संयम अथवा ज्ञान, इनमें से एक, एक से अधिक या सभी उपायों का सहारा लेकर अपना ब्रह्मभाव व्यक्त करो और मुक्त हो जाओ।

बस, यही धर्म का सर्वस्व है। मत, अनुष्ठान-पद्धति, शास्त्र, मंदिर अथवा अन्य बाह्य क्रिया-कलाप तो उसके गौण ब्योरे मात्र हैं।

"हे अमृत के पुत्रो, हे दिव्यधामनिवासियो, सुनो, मैंने अज्ञानांधकार से आलोक में जाने का रास्ता पा लिया है। जो समस्त तम के पार है, उसको जानने के बाद ही वहाँ जाया जा सकता है, मुक्ति का और कोई दूसरा उपाय नहीं।"

> *इस बार हम बंधन में न पड़ें। माया ने अनेक बार हमें पकड़ा है, अनेक बार हमने अपनी स्वतंत्रता का विनिमय उन चीनी की गुड़ियों से किया है, जो पानी में डालते ही घुल गईं।*
>
> *धोखे में मत आओ। माया महाठगनी है। इससे बाहर आओ। इस बार स्वयं को उसके चंगुल में मत आने दो। इन भ्रमों के लिए अपनी अमूल्य धरोहर की बिक्री मत करो। उठो, जागो और लक्ष्य की प्राप्ति तक रुको मत।*

माया और मुक्ति

इस बार हम बंधन में न पड़ें। माया ने अनेक बार हमें पकड़ा है, अनेक बार हमने अपनी स्वतंत्रता का विनिमय उन चीनी की गुड़ियों से किया है, जो पानी में डालते ही घुल गईं।

धोखे में मत आओ। माया महाठगनी है। इससे बाहर आओ। इस बार स्वयं को उसके चंगुल में मत आने दो। इन भ्रमों के लिए अपनी अमूल्य धरोहर की बिक्री मत करो। उठो, जागो और लक्ष्य की प्राप्ति तक रुको मत।

अपने धन को मात्र उसी का संरक्षक समझो, जो ईश्वर का है। इसके लिए लगाव मत रखो। नाम, यश और धन को जाने दो, वे भयंकर बंधन हैं। मुक्ति के अद्भुत परिवेश का अनुभव करो। तुम मुक्त हो, मुक्त हो, मुक्त हो! ओह, मैं धन्य हूँ। मैं मुक्तिस्वरूप हूँ। मैं अनंत हूँ। मैं अपनी आत्मा का कोई आदि-अंत नहीं पाता। सभी आत्मरूप है। इसे निरंतर कहो।

□

अब और मत सोओ

मेरा आदर्श अवश्य ही थोड़े से शब्दों में कहा जा सकता है, और वह है—मनुष्य-जाति को उसके दिव्य स्वरूप का उपदेश देना तथा जीवन के प्रत्येक क्षेत्र में उसे अभिव्यक्त करने का उपाय बताना।

एक विचार, जो मैं सूर्य के प्रकाश की तरह स्पष्ट देखता हूँ, वह यह कि अज्ञान ही दुःख का कारण है और कुछ नहीं। जगत् को प्रकाश कौन देगा? बलिदान भूतकाल से नियम रहा है और हाय! युगों तक इसे रहना है। संसार के वीरों को और सर्वश्रेष्ठों को 'बहुजन हिताय, बहुजन सुखाय' अपना बलिदान करना होगा। असीम दया और प्रेम से परिपूर्ण सैकड़ों बुद्धों की आवश्यकता है।

संसार के धर्म प्राणहीन परिहास की वस्तु हो गए हैं। जगत् को जिस वस्तु की आवश्यकता है, वह है चरित्र। संसार को ऐसे लोग चाहिए, जिनका जीवन स्वार्थहीन ज्वलंत प्रेम का उदाहरण है। वह प्रेम एक-एक शब्द को वज्र के समान प्रभावशाली बना देगा।

साहसी शब्द और उससे अधिक साहसी कर्मों की हमें आवश्यकता है। जागो, जागो, महामानवो! संसार दुःख से जल रहा है। क्या तुम सो सकते हो?

□

ध्यान : स्वामी विवेकानंद के उद्धरण

प्रसिद्ध आध्यात्मिक नेता और दार्शनिक स्वामी विवेकानंद ने ध्यान के अभ्यास और महत्त्व के बारे में विस्तार से बात की। ध्यान पर उनकी गहन अंतर्दृष्टि और शिक्षाएँ लोगों को उनकी आध्यात्मिक यात्रा के लिए प्रेरित एवं मार्गदर्शन करती रहती हैं। ध्यान के बारे में स्वामी विवेकानंद के कुछ उल्लेखनीय उद्धरण इस प्रकार हैं—

- ध्यान मूर्खों को संत बना सकता है, लेकिन दुर्भाग्य से मूर्ख कभी ध्यान नहीं करते।
- ध्यान स्वतंत्रता का प्रवेश-द्वार है और बुद्धि का उच्चतम रूप है। यह हमारे आंतरिक स्व के साथ जुड़ने और हमारे वास्तविक स्वरूप को महसूस करने का सर्वोच्च तरीका है।
- ध्यान में हम अपना ध्यान बाहरी दुनिया से हटाते हैं और इसे अपने सच्चे स्व की ओर केंद्रित करते हैं। यह भीतर की स्थिति में है कि हम शांति, स्पष्टता और आत्म-साक्षात्कार पाते हैं।
- ध्यान मन को नियंत्रित करने का विज्ञान है, उसे दबाने का नहीं। ध्यान के माध्यम से हम अपने विचारों और भावनाओं में उलझे बिना उनका निरीक्षण करना सीखते हैं। हम अलग जागरूकता की स्थिति प्राप्त करते हैं।
- ध्यान मन को शांत करने और उसे परमात्मा से मिलाने की

कला है। इसी मौन में हम शाश्वत की उपस्थिति का अनुभव करते हैं और अपने अंतरतम को खोजते हैं।

- ध्यान हमारे भीतर की अनंत क्षमता के द्वार खोलने की कुंजी है। यह हमारी सुप्त शक्तियों को जगाता है, हमारी चेतना का विस्तार करता है और हमें हमारे सच्चे स्वरूप की प्राप्ति की ओर ले जाता है।
- ध्यान का वास्तविक उद्देश्य हमारे भीतर की दिव्यता को प्रकट करना है। यह सुप्त आध्यात्मिक शक्तियों को जगाने और ब्रह्मांड के साथ अपनी एकता का अहसास कराने के लिए है।
- ध्यान में हम अपने भीतर गहरा गोता लगाते हैं और शांति, आनंद और प्रेम के सागर की खोज करते हैं, जो हमारे अस्तित्व के केंद्र में है। यह हमारे वास्तविक स्वरूप का प्रत्यक्ष अनुभव है।
- ध्यान संसार से भागना नहीं है, बल्कि स्पष्टता और शक्ति के साथ इसका सामना करने की तैयारी है। यह हमें चुनौतियों से उबरने और एक उद्देश्यपूर्ण जीवन जीने के लिए आंतरिक संसाधनों से लैस करता है।
- ध्यान वर्तमान क्षण में जीने की कला है। यह निर्णय या लगाव के बिना प्रत्येक गुजरनेवाले अनुभव के प्रति पूरी तरह जागरूक और चौकस रहने का अभ्यास है।
- ध्यान आध्यात्मिक जीवन और ज्ञान में सभी विकास का रहस्य है। यह हमारे अंदर की सुप्त शक्तियों को खोलने और जगाने का माध्यम है।
- ध्यान के माध्यम से हम शुद्ध चेतना के दायरे में प्रवेश करते हैं, जहाँ मन शांत होता है और आत्मा शांत होती है। इसी अवस्था में हम ईश्वरीय उपस्थिति का अनुभव कर सकते हैं।

- ध्यान ध्वनि से मौन की ओर, गति से स्थिरता की यात्रा है। यह क्षणभंगुर के भीतर शाश्वत की खोज का मार्ग है।
- ध्यान में हम शरीर और मन की सीमाओं से परे जाते हैं और सार्वभौमिक चेतना से जुड़ते हैं। हम सभी प्राणियों के साथ अपने अंतर्संबंध को महसूस करते हैं।
- ध्यान के अभ्यास से हमारे विचारों में स्पष्टता आती है, हमारे कार्यों में शुद्धता आती है और हमारी भावनाओं में शांति आती है। यह हमें संतुलित और सामंजस्यपूर्ण जीवन जीने में मदद करता है।
- ध्यान वह कुंजी है, जो सहज ज्ञान के द्वार खोलती है। यह गहरी चुप्पी और आंतरिक शांति के माध्यम से है कि हम समझ के उच्च क्षेत्रों तक पहुँच प्राप्त करते हैं।
- ध्यान वास्तविकता से भागने के बारे में नहीं है, यह हमारे अपने अस्तित्व की गहराई में गोता लगाने के बारे में है। यह इस सत्य की खोज करने के बारे में है कि हम कौन हैं और उस सत्य को अपने जीवन के हर पहलू में जीते हैं।
- ध्यान की शांति में हम अपने भीतर के राक्षसों और छायाओं के सामने आते हैं। इस टकराव में ही हम उन्हें पार कर सकते हैं और सच्ची मुक्ति पा सकते हैं।
- ध्यान किसी विशेष समय या स्थान तक सीमित अभ्यास नहीं है, यह जीने का एक तरीका है। वर्तमान क्षण की निरंतर जागरूकता और परमात्मा के साथ इसका गहरा संबंध है।
- ध्यान पूरी तरह से मौजूद रहने और जीवन के हर पहलू में लगे रहने की कला है। यह सामान्य रूप से पवित्र अनुभव करने का प्रवेश–द्वार है।

□

स्वामी विवेकानंद : महत्त्वपूर्ण तिथियाँ

- 12 जनवरी, 1863 : कलकत्ता में जन्म
- सन् 1879 : प्रेसिडेंसी कॉलेज में प्रवेश
- सन् 1880 : जनरल एसेंबली इंस्टीट्यूशन में प्रवेश
- नवंबर 1881 : श्रीरामकृष्ण परमहंस से प्रथम भेंट
- सन् 1882-1886 : श्रीरामकृष्ण परमहंस से संबद्ध
- सन् 1884 : स्नातक परीक्षा उत्तीर्ण; पिता का स्वर्गवास
- सन् 1885 : श्रीरामकृष्ण परमहंस की अंतिम बीमारी
- 16 अगस्त, सन् 1886 : श्रीरामकृष्ण परमहंस का निधन
- सन् 1886 : वराह नगर मठ की स्थापना
- जनवरी 1887 : वराह नगर मठ में संन्यास की औपचारिक प्रतिज्ञा
- सन् 1890-1893 : परिव्राजक के रूप में भारत भ्रमण
- 24 दिसंबर, 1892 : कन्याकुमारी में
- 13 फरवरी, 1893 : प्रथम सार्वजनिक व्याख्यान, सिंकदराबाद में
- 31 मई, 1893 : मुंबई से अमेरिका रवाना

- 25 जुलाई, 1893 : वैंकूवर, कनाडा पहुँचे
- 30 जुलाई, 1893 : शिकागो आगमन
- अगस्त 1893 : हार्वर्ड विश्वविद्यालय के प्रो. जॉन राइट से भेंट
- 11 सितंबर, 1893 : धर्म महासभा, शिकागो में प्रथम व्याख्यान
- 27 सितंबर, 1893 : धर्म महासभा, शिकागो में अंतिम व्याख्यान
- 16 मई, 1894 : हार्वर्ड विश्वविद्यालय में संभाषण
- नवंबर 1894 : न्यूयॉर्क में वेदांत समिति की स्थापना
- जनवरी 1895 : न्यूयॉर्क में धर्म-कक्षाओं का संचालन आरंभ
- अगस्त 1895 : पेरिस में
- अक्तूबर 1895 : लंदन में व्याख्यान
- 6 दिसंबर, 1895 : वापस न्यूयॉर्क
- 22-25 मार्च, 1896 : हार्वर्ड विश्वविद्यालय में व्याख्यान
- 15 अप्रैल, 1896 : वापस लंदन
- मई-जुलाई 1896 : लंदन में धार्मिक-कक्षाएँ
- 28 मई, 1896 : ऑक्सफोर्ड में मैक्समुलर से भेंट
- 30 दिसंबर, 1896 : नेपल्स से भारत की ओर रवाना
- 15 जनवरी, 1897 : कोलंबो, श्रीलंका आगमन
- 6-15 फरवरी, 1897 : मद्रास में
- 19 फरवरी, 1897 : कलकत्ता आगमन
- 1 मई, 1897 : रामकृष्ण मिशन की स्थापना
- मई-दिसंबर 1897 : उत्तर भारत की यात्रा

- जनवरी 1898 : कलकत्ता वापसी
- 19 मार्च, 1899 : मायावती में अद्वैत आश्रम की स्थापना
- 20 जून, 1899 : पश्चिमी देशों की दूसरी यात्रा
- 31 जुलाई, 1899 : लंदन आगमन
- 28 अगस्त, 1899 : न्यूयॉर्क आगमन
- 22 फरवरी, 1900 : सैन फ्रांसिस्को में
- 14 अप्रैल, 1900 : सैन फ्रांसिस्को में वेदांत समिति की स्थापना
- जून 1900 : न्यूयॉर्क में अंतिम कक्षा
- 26 जुलाई, 1900 : यूरोप रवाना
- 24 अक्तूबर, 1900 : वियना, हंगरी, कुस्तुंतुनिया, ग्रीस, मिस्र आदि देशों की यात्रा
- 26 नवंबर, 1900 : भारत को रवाना
- 9 दिसंबर, 1900 : बेलूड़ मठ आगमन
- जनवरी 1901 : मायावती की यात्रा
- मार्च–मई 1901 : पूर्वी बंगाल और असम की तीर्थयात्रा
- जनवरी–फरवरी 1902 : बोध गया और वाराणसी की यात्रा
- मार्च 1902 : बेलूड़ मठ में वापसी
- 4 जुलाई, 1902 : महासमाधि

□□□